生命是一处烂漫花田

付依潼 著

河南文艺出版社
·郑州·

图书在版编目（CIP）数据

生命是一处烂漫花田/付依潼著. —郑州：河南文艺出版社，2019.8（2022.5 重印）

ISBN 978-7-5559-0285-0

Ⅰ.①生… Ⅱ.①付… Ⅲ.①中国文学－当代文学－作品综合集 Ⅳ.①I217.2

中国版本图书馆 CIP 数据核字（2019）第 165282 号

出版发行	河南文艺出版社
本社地址	郑州市郑东新区祥盛街 27 号 C 座 5 楼
邮政编码	450018
承印单位	河南龙华印务有限公司
经销单位	新华书店
纸张规格	889 毫米×1194 毫米　1/32
印　　张	7
字　　数	141 000
版　　次	2019 年 8 月第 1 版
印　　次	2022 年 5 月第 2 次印刷
定　　价	50.00 元

序一

李宜鹏

巧的是,刚读完这本书的样稿,一位同事微信传过来一张照片,是本书的作者付依潼数年前照的,一副可爱、调皮的小学生模样。这也是我心中付依潼的形象。似乎很难想象,小潼潼可以写出这样清丽、温婉甚至深刻的文字。

付依潼的家庭,是典型的书香门第。女大十八变,当初的小潼潼也从小学、初中、高中,而今即将迈入大学的门槛。虽然这些年来大人、小孩都忙,几乎很少见到付依潼,但从这本书中,从一篇篇感情真挚的文章中,我看到一个小女孩成长的心路历程,看到一个敏感、好强、苦闷、上进的心态复杂的中学女生。

书名很美。《生命是一处浪漫花田》,饱经沧桑、历经磨砺的心灵是想不出这样青春、这样纯洁的名字的。这样的名字只能出自花季少女的笔下,而整本书的格调与书名很相称,写人、写景甚至写读后感,都洋溢着浓烈的青春气息,充满着对世界的美好向往。

文字很真。年轻作者最容易犯的错误，就是夸张或者说矫情，"为赋新词强说愁"。但在这本书里，你看到的是真真实实的故事和思想，虽然真实的故事少了冲突和戏剧性，但真实最有力，也最打动人。

　　七年前，我和父母以及叔叔阿姨去厦门游玩。

　　尽兴参观鼓浪屿后，我们步行去码头乘船回厦门市区。道路上车水马龙，水泄不通，我走在我们一行人的最前面，前面是一个光头男人。我哼着小曲，步履轻盈地往前走，连头也不回。不一会儿，我就到了港口，兴高采烈地指着前面扭头喊："爸爸……"可回答我的只有喧嚣的声音和一个个来回穿梭的身影。

　　我愣了一会儿，眼泪如同断线的珍珠滚落……找不到爸爸妈妈了。那一刻，我觉得世界都是昏暗的，身体摇摇欲坠。我强迫自己不再哭泣，按照妈妈所说的冷静应对，站在原地不动，可我发现我怎么也抑制不住那洪水似的泪水。

　　仿佛过了一个世纪。忽然，我听到了一个熟悉的声音："潼潼……潼潼……"人群中，我终于看到了那高大的身影，猛地扑了上去："爸爸……"那宽厚的怀抱，瞬间温暖了我的心。

　　一波三折后，我们终于坐上了船，妈妈吓得还在抽泣，一家人有哭有笑。（《生活拾零》）

这样的情节我亲身经历过。孩子在人潮中丢失，可以想见当时大人们的心情——如天塌一般。但付依潼从自己的角度来写，没有刻意煽情，自自然然的真实描述，读来别有一番滋味。

文笔很细腻。通读全书，一篇篇文章读起来都很流畅、耐读，对细节、对感情的描写特别到位。文中写父母的文章有多篇，大多是从细节写起，文笔的细腻源自感情的细腻，比如写母亲的手这篇：

烈日炎炎，班级要举行一场大型公益活动。听说有一项是孩子戴着眼罩摸出自己母亲的手。兴奋之余，我又多了些紧张，不由得握紧了母亲的手，细细感受：凉凉的，有点粗糙。我以为，有了这些感受，我就能找得又快又准。

终于开始了，全班 80 多个孩子，戴上眼罩，秩序井然地摸手找妈妈。天哪！怎么都一样？我不由自主地惊呼。这时才猛然惊觉，我对母亲的了解太少了，握了无数次她的手，却不知道她手的特征。

我迷茫，又着急，就像一个婴儿，因为找不到母亲想哭。在我看来，那些手是一模一样的，我跺了跺脚，又继续寻找。最后，在好友的暗示下才摸出了妈妈的手。

坐在妈妈怀里，意犹未尽地用我那双汗津津的手抚摸着妈妈的手——一摸就知道是干了许多活儿的，但又触摸到了温暖，穿透我的心灵，我能明显感受到那双手上不很明显的小小的疤痕，那是给我做豆浆时烫伤留下的。

我心中受了莫大触动。母亲，就像大树，累了，可以依靠在她身边——你总是在索取，有没有想过给大树浇水施肥？

这篇文章从结构到立意到写作技巧,已经是一篇非常成熟的散文了。而这样充满真情实感的文章,在这本书里占据了绝大多数。当然,付依潼同学毕竟年轻,经历也只是在学校、家庭打转,所以文章所涉猎的范围有限,大多是家人、老师和同学等身边的人和事,但就是这些身边的平凡之人,付依潼用她细腻、真实的笔触,给我们以阅读的惊喜和美好。

很多时候,写作是个人对自己的思想进行再总结、再提炼、再梳理的过程,正如付依潼在本书未刊出的这段文字:

在情绪不好的情况下说出来的东西可能没有逻辑,也不能表达完全,现在有些东西我就有点说不出口,只能用写的方式表达。

付依潼的这本散文,就是用写来表达童年的懵懂和青春的记忆,是个人记忆,也是集体记忆。

未来的路还很长,回首望去,不知在这里,会不会有一个更灿烂的春天!

这是书中的一句话,我们也期待着作者更灿烂的春天!

(李宜鹏,资深媒体人,河南日报科教文卫部主任)

序二

王飞

佛家说,苦海无边,回头是岸;基督教说,人生而有罪,应该赎罪。总之,生命中充满无休止的苦难。

然而,我的一个学生,付依潼,向我走来时面带浅笑,嘴角有月牙升起,在我面前摊开了她的文集,隐隐带着花的清香。一个还在高中念书的学子,要出一本书,希望老师能为她写几句寄语。怀着教师职业性的"父母爱泛滥",我看到了第一篇文章的题目——《生命是一处烂漫花田》。瞬间,我被她至纯至真、美好无邪的文字震撼了。一个人要有着怎样澄净明澈的心地才会有这样的"生命观"?

好奇心驱使我读完第一篇,文末写道:

"其实不必一直去追求已经快被遗忘的记忆,生命中还有繁花似锦的美好,还有怦然心动的偶遇。""终于明白,不念过往,感受当下,生命原本可以如此美好。"

说实话,刚开始对这本书到底能写成什么样,心中存有小小的顾虑。作者小小年龄,竟有如此豁达与坦然的人生体悟,我心头的滃滃疑云即刻散尽。接下来的阅读是一场心旷神怡的飞翔之旅。

这是一本作者成长足迹的忠实记录。小学时代稚拙学书的文字里跳跃着羞涩、胆怯、喜悦与执着。丁保先老师是"小学系列"的主角。丁老师的威严强势、春风化雨、拳拳热心都被封存进一个孩子的童年相册。有一件事情令我深受启迪:丁老师"蛮不讲理"地让学生背诵《三字经》《论语》等国学经典。说实话,在此之前我并不是非常赞同这样的做法。然而,在付依潼高中时期的文章中,时常闪烁出国学经典的片片星辉。前呼才有后应,这些星辉都来自那个"遥远童年"的灿烂星空。看来这种"儿时种下,大时开花"的做法,确实当行。于是,最近我开始给身边的孩子大力推荐这一做法。谢谢你,孩子,昔日我为你师,今日你远道而来做了一回老师的老师,这份缘来缘往是我们今生的大幸啊。

这些文章让我又回到了过去的岁月,那时我也是刚刚踏入这个领域。那时的我们,同样的青涩,一同成长。你的文字里闪烁着我们共同汗水的光华。唐诗宋词里,你翩翩飞舞,采粉酿蜜;名家作品前,你津津乐道,描摹临写。你的文字从稚气生涩,渐渐辞藻丰盈,终于到达了今天的收放自如;再现了稼轩公"少年不识愁滋味,为赋新词强说愁"到"而今识尽愁滋味,却道天凉好个秋"的成长蜕变历程。谢谢你,孩子,你的文集让老师重新回味了那段青葱美丽的时光。

付依潼高中时代的作品大多是议论。虽然有年龄与社会阅历的局限,但字里行间依然能看到蓬勃向上的希望与文字驾驭能力的日趋增强。这令我很是欣慰。

掩卷后，那些文字依然在眼前灵动翩跹，正如此刻不能平静的心。孩子，你还年轻，真正的人生才刚刚开始。今后，你要带着这纯真的花田芬芳，经历世事的起伏，穿越人生的风雨。祝你归来时，脸上的笑意比此时更深，嘴角的月牙较今日更翘。届时，初心不易，依旧叹一声：生命当真是一处烂漫花田。

（王飞，语言学研究学者，爱西柚新概念写作教学创始人。）

目　录

第二辑

第三辑

第一辑

生命是一处烂漫花田

去年春末的一天,和父母去洛阳游玩。

这次出游计划酝酿很久了,洛阳龙门石窟也让我期待已久。以前不得空,放假后终于有了机会。

很小的时候我去过一次龙门石窟,隐约还有些记忆,路上便不时念叨着不多的回忆,不知不觉睡着了。

醒来时已是下午四点多,车外喧闹无比,放眼望去,宽敞的公路成了停车场。爸爸对我说:"前方发生了严重的交通事故,堵在路上好几个小时了,要不别去了,到其他地方转转吧。"

我想反驳,但看看公路上人声鼎沸,车辆犹如蜗牛一样向前挪动,心中有无限不舍与遗憾。期盼化空,心中失望又着急,满脸不高兴。

不知过了多久,车再次停下来。我摇下车窗,望不到头的车阵纹丝不动,静止成一条波澜不兴的河流。

一家人决定下车活动一下僵硬的身体,扑面而来的是凉爽的风,还带有阵阵清香,我的心情刹那间舒畅了许多。

一转身，满眼灿烂的花朵，芳香馥郁，着实让人吃了一惊。

时间就此停留，那娇艳的花儿啊，绣满了我们的视野，不知如何形容眼前的视觉震撼，它们或低首垂眉，或娇媚绽放，或矫首昂视，或半开半放。但见翠绿层叠，叶的边缘仿佛镶上一层绿玉般的光影，桃之夭夭，灼灼其华，似乎要把一季生命的灿烂全部释放。

花的清香，如曼妙的芭蕾舞者，在我的鼻尖上飞舞旋转。目光触及的每一个角落，都裹挟着花的芬芳，丝丝缕缕，沁入鼻息，浸染心扉。

一路上总念着难忘的龙门石窟，很久以来，我爱的好像只是历史遗迹的壮美，却忽略了花的迷人和美丽。

顿时，我爱上了这座城池，爱上了这满眼繁花。心中不觉释然，原来，生命是一处烂漫花田，只要我们愿意，生命还有无限令人欣悦的惊喜啊！其实不必一直去追已经快被遗忘的记忆，生命中还有繁花似锦的美好，还有怦然心动的偶遇。

终于明白，不念过往，感受当下，生命原本可以如此美好。

班长

夏花灿烂,铺满整个花坛的是美丽的月季花、茉莉花……绿篱把一季的绿释放……沐浴在夏花里,好像听见了那个人的声音……

其实,我并不怎么喜欢那个人——我的班长,天天像个男生一样,扯着沙哑的嗓子,怎么也没办法让人喜爱。

我坐在教室中,心情不好。又被老师吵了:期中考试失利、状态不好……这些词就像几座山,压得我实在喘不过气来。起身,我正准备走,被一人拉住,是班长。她拉了一把椅子,两手撑住桌子,坐在我面前:"你说,你对老师的批评有什么看法? 你觉得老师说的怎么样?"

我不看她的眼睛:"没什么,我觉得那是对我先前状态的一个评价,以后我会调整状态。"说到这儿,我其实有点儿心虚。我现在还有什么动力与信心? 我正要走,她又按住我:"我告诉你,你是有能力的,你可以做得更好!"我还想走,心中难过,不敢看她的眼睛,她依旧按住我:"你看着我的眼睛,看着我的眼睛,快点!"我实在受不住,始终不看她的眼睛,终于忍不住眼睛湿润了:"班长,你别说了……"

第二天,我的心情好了许多。班长昨天那番话,让我有了动力,我下定了决心,给自己列了计划,买了各种学习资料……

跑操的时候,我看出不对劲儿,副班长看见我似乎有话要说。我问他:"怎么了?"他终于说了出来:"昨天班长看你心情不好,就打开了班里的音响,班主任在隔壁,听见了。"班长路过,狠狠地瞪了副班长一眼,然后走到我这里来,搂了搂我:"你可别听他胡说!"我似乎明白了什么。

我看着班长,她穿着黑色羽绒服,拖着微胖的身躯走来走去,用自己的破锣嗓子,天天喊来喊去。她长得也不怎么好看,留着短得不能再短的头发……她似乎依然没有哪点儿好,却让我从心底喜爱、感激。

那天是拥抱日,我很想抱一抱她,但是她在忙碌,我知道我不能。

采一缕花香,折几许快乐的心情;闻一抹茶香,集几许惬意,细数生命中的花朵,关于友情……

考试完,我要去抱一抱她,说一声谢谢,说一声我爱你……

适者生存

春日渐长，阳光洒在小山上，镀了一层金边儿。燕子衔着春泥归来，对对鸳鸯栖息在河滩上，风儿带着我的思绪回到了过去。

小学五年级时，班主任换成了一位 50 多岁的语文老师。她让我们背诵经典，读书批注，做课外阅读。我的压力陡然上升。

那次，检查《论语》的背诵，我不会背，回到家中眼泪在眼眶里打转，想起老师对我说的话："明天再背不过，就放弃吧。"家中空无一人，我径直走入卧室，扑倒在床上，头埋入被子，眼泪决堤而出。

正沉浸在悲痛之中，我接起电话："爸……"我抽泣着，"我……书又没背过……老师说，明天还背不过，就不让背了……""潼潼，你要学会面对，物竞天择，适者生存，要学着适应。今天晚上好好背就行了，没什么大不了的！"

我完全听不进爸爸的安慰，挂断电话后，又哭了许久。

火红的日暮慢慢成了紫色的晚霞，最后漆黑一片，萤火虫在闪烁，周围的一切瞬间静了下来，唯听见我琅琅的读书声。

是的,第二天,我成功背过了《论语》,老师在班上表扬了我,班上很多同学还没有过关,而我没有掉队!

达尔文说:"能够生存下来的,既不是最强壮的,也不是最聪明的,而是最能够适应变化的物种。"

经典背诵事件让我懂得:物竞天择,适者生存!

特殊礼物

在这个绚丽多姿的季节里，空气中充斥着细而微小的光粒子。我与母亲手牵手，漫步公园的小路上。

鼻间是熟悉的味道，我四处张望拼命寻找，终于看到了一簇粉白。

撇下母亲，自顾自跑过去，花香浓郁，在一条偏僻的小路上我看到了这样的景象：团团粉白的杏花，糅着温和的阳光，闪入我的眸中。它们肆无忌惮、旁若无人地开放着，纯洁又动人。

我一步一步靠近，熟悉的画面在脑海中播放：儿时在清凉的杏荫下，与同龄朋友嬉戏玩闹着，我拿着一枝幽香的杏花，他们追逐着我……

恍惚中，我踮起了脚，手将接近杏树细而脆弱的枝丫，近一点，再近一点，想要折断它……

啪，就在那一瞬间，一阵温热袭上我即将触摸到杏花的手，是母亲拍打了我半悬的手，把我从梦幻中打醒。

我吓了一跳，蓦然惊醒。母亲不知何时站在了我身边，飞舞的蝴蝶辗转于花间,虔诚地亲吻着粉蕊,微颤的翼,如我微颤的心。

我失神,刚刚怎么在回忆中迷失了自我? 我自责,方才的一念之差,可能摧毁一个鲜嫩的生命。又望了望那株白色的杏花,我笑笑,这或许是上天送给我的特别礼物吧。

转头看去,幼儿正拉着年轻妇人的手,仰着明媚的笑脸,叽叽喳喳地说个不停。他稚嫩的小手向上指去,无邪的目光映着绚烂的花朵。

我嘴角微扬,一切的美好都定格在这一瞬间,母亲、我、孩童、妇人……一片花瓣落下,柔软洁白……

这是上天送给我的一份特殊礼物。

考试

开学第一天,老师就来了场考试。没有试卷,这是一场隐形的考试。

我记得,那天我不但没交上满意的答卷,而且分数还是零。因为,开学第一天,我就成了唯一迟到的学生。

周一来学校报到,因为堵车我来晚了。一进门,教室里鸦雀无声,原来丁老师早早就来了。我喊了声"报告",在众目睽睽之下走向座位。

丁老师叫班上几位同学站了起来,这时,班里的另一位同学递给丁老师一块白抹布。丁老师说,你看人家,把抹布洗得干干净净的。我听得一头雾水,到底发生了什么?莫非是丁老师交给几个同学一些任务,让他们将抹布洗干净吗?只见丁老师又让另外几个同学把抹布拿走洗。

我问同桌怎么回事,终于有了答案:大家本来坐在那儿无所事事,丁老师一来便开始打扫班里的卫生,几个同学帮着打扫,有些同学却坐着不动,一点儿忙都不帮。打扫好卫生,丁老师让大家坐到座位上。这时候，丁老师说这是场特殊的考试，大家才恍然大悟。

生活处处是考试。某公司招聘，许多大学生前去应聘，其间不乏清华、北大等名校的学生。而清华、北大的毕业生却没有在这次应聘中成功，被录用的是一个普通大学的毕业生。为什么？因为在进门前，一张废纸掉在了地上，只有他捡了起来。

那就是一场考试。

幸福

夕阳中,校园里的月季花开放了。

此时的教室中,电风扇呼呼地扇动着,空气中流荡着燥热,偌大的空间仅剩我与班主任。同学们都被接走了,班主任与我面面相觑,我仿佛芒刺在背,只盼有个人来打破这尴尬。

可是,没有人,爸爸还没有来。我起身望向窗外,夕阳余晖下没有一个人影。我心中万分焦急,他怎么还不来? 班主任在后面说:“给你爸爸打个电话。”

我烦闷的情绪更甚,拨通了熟悉的号码:“爸爸,你怎么还不来?”“马上到!”爸爸低沉的声音从电话那头传来,紧接着的是一串令人恼火的电话忙音,我心中的怒火难以控制。

大约过了十分钟,爸爸终于来了。爸爸热情地跟老师打招呼,并点着头。我看着爸爸那副有求于人的样子,觉得讨厌。

爸爸的惊呼声打断了我的唏嘘:“咦,丁老师,您的膝盖是怎么回事?”班主任忙说道:“没事啊,不小心碰了一下,不碍事。”可那已经干涸的血迹,又骗得了谁? 想起老师带着伤陪我等家长,我心中腾升起莫名的感动。这份感动,让我的心情平静、柔软起来。

我和爸爸走出教室。下楼梯时,我走在他的后面,看见他微微倾斜的身体,不注意是看不到的,但我还是发现了,爸爸的背影有些佝偻。

到了楼下,他打开车子后备厢,欣喜地拿出汉堡和可乐,高高举起:"看,爸爸给你买的,排了很长的队,快吃快吃。"说着,一把塞给我。然后他去启动车子,我的眼泪流了下来。我赶紧擦干了泪,怕他看见。

迎着晚风,似有月季花香飘来,让我念起那如花似水的流年:他总是把我高高地举到头顶,抑或用强劲的手臂做我荡来荡去的秋千。他陪我去动物园、海洋馆,遨游童话王国……不知不觉间,父爱的光辉早已照亮我的人生。

双眼不知何时又模糊了,望着爸爸,我感到幸福就在我的身边。

敞开心扉

伴着鸟儿悦耳的鸣啭,我穿行在花树掩映的小径,追随蝶儿的柔情,踩踏云朵投下的影子……

但是待在房间里依旧烦闷。母亲躺在沙发上,我突然有想给她洗脚的想法。端来水盆,接点热水,白色的水雾浮现,眼前一片朦胧。

母亲轻轻脱去鞋子,我发现了几个水泡:"怎么回事?"我责怪她不爱惜自己的身体。

"阿潼,没事没事。近日走路多,鞋子又不合适。"母亲连连摆手。我立即起身去找药。她一把拉住我:"不用不用,慢慢就好了。"但我依旧坚持着:"怎么不用,要痛多少天呢!"我拿来药膏,轻轻涂抹在她的伤口上,并低头轻轻吹气,眼眶微微泛红:这双脚竟然有了茧子,我轻轻抚摸着这双脚……

是的,当你理解父母的艰辛时,你才开始成长。

恍惚之间,母亲问我:"今天你是不是有什么事啊? 和妈妈聊聊。"

成长中,总会有一些烦恼:这次期中考试,本来期望进入全班前三名,却因为一点失误,没有达到预期目标,成绩又没有超过第三名,这已经是第三次了。

她微笑着对我说:"已经很优秀了! 烦恼没有用,可以分析错题原因,在细节上再下功夫,下次避免失误,一定会有收获。"

我被她安慰,反而不知所措,眼睛不禁湿润了,不知是委屈还是感动,迅速地抹干泪水,扑向母亲,抱住了她:"谢谢妈妈!"

"宝贝,以后经常跟妈妈聊天好吗? 聊聊烦恼、困难,不要自己把这些心事藏在心底,说出来,我们共同分担,好吗?"

我趴在妈妈肩头,轻快地说了一声:"嗯。"

水凉了,但母女二人感觉很温暖……微风袭来,吹进我的心扉,剩下一片清新……

母亲的叮咛

穿行在花园的小路上,用目光轻轻抚摸滴翠的小草,用足音轻轻摇醒沉醉的小花……在一片艳红碧绿间,领略夏天的浪漫。

母亲骑着车子,载着我回家。一路上,静极了。天空一片蔚蓝,抬眼间,闲云又飞去几朵。母亲不说话,我也沉默不语。

她突然开口,轻轻地说:"明天就要期末考试了,紧张吗?"我怔了一下,随即淡淡地说:"嗯,还好吧!"

母亲似乎舒了一口气,我能感受到她心跳的频率,明白她内心最真实的感受,她担心和顾虑的是我的成绩总是时好时坏。但是,这个时刻,我会尽最大努力化解她的心病,把她对我的叮咛化作动力,藏在心底。

"记住啊,考试时心态要平和,先易后难,准备好两支笔,别忘记带准考证,戴上手表……"我静静地听着,内心深处有不可名状的感觉。不知为何,今夜,母亲的叮咛如此动听,动听到让我心醉。

路旁整齐的绿篱,伴着凉爽的风,将青翠铺展到极致;花坛里的花朵,肆意绽放,以自己的热烈,展现着生命的美好。

　　静静地,风儿步履轻盈地行进,裙裾快乐地飘飞,任凭心中的思绪被风翻起,乘着轻盈的双翼飞得很高很远。

　　不知不觉间,已经到家了。一进门,母亲便轻轻对我说:"早点休息哦,养精蓄锐!"她露出微笑。

　　我抬头望着母亲,四目相对。她的叮咛,像天空对白云,大海对鱼儿,带有专属意味,专属于母亲。

　　母亲的叮咛是世界上最美的声音,深深的情意让我陶醉不已。她的叮咛,像在夏花中听风,充斥着沁人的清香和满满的幸福。

品尝成功

春风飘飘然,拂在万物上。我看着那张最高分的期末卷子,心中更是说不出的喜悦。

这是一次期末考试,我紧张地皱着眉头,一手按纸,一手握笔,两手都不知不觉冒出了汗,额头也渗出了汗珠,情不自禁地咬着嘴唇,脸上更是没有任何松懈之色。"离考试结束还有 5 分钟!"我直起身子,抚着下巴认真检查。终于时间到了,我又看了看卷子,把它交给了老师,长长地舒了一口气。

两个小时后,老师终于拿了一摞卷子回来,刚刚还在说笑的同学们纷纷没了声音,都紧张地看着老师,全班静得能听见针落地的声音。我们静静地注视着老师发卷,第二个便是我。我拿到卷子,看着卷子上的分数,怔住了。

"哇,你考了 91 呢!"旁边的同学凑过来瞧。我心里也很惊喜——91 分,不管怎么样,比上一次进步了许多,可能名次不是第一,但比上一次有所提升,也是满载而归!

正想着,老师已经发完了卷子,站在讲台上说:"这一次考试满分是 100 分，第一名是付依潼，大多数人在 60 和 80 分之间……"听到"付依潼是第一名"的消息，我先是一怔，随后感觉像是春暖花开一样……心中的喜悦无法用言语表达。激动的同时，我也想到了变化的原因。

第一次，满分 120 分的卷子，我仅考了 75 分；第二次也是满分 120 分的卷子，进步了 9 分；这次，100 分的卷子考了 91 分。我知道，这是努力得来的。"天下事有难易乎？为之，则难者亦易矣；不为，则易者亦难矣。"说的就是这个道理。

在品尝成功的同时，我也懂得了：任何事只有下功夫才能做得好，反之则一事无成。

好习惯

我有一个好习惯，那就是及时把错题订正在错题本上。

五年级下学期的暑期，我创建起了错题本，以前买的本子都派上了用场，一个本子对一门课，每科都有一个专用的袋子，井井有条。从此以后，我每天都要整理错题。

一开始不太习惯，妈妈就督促我，后来习以为常，成为学习必备。放学回家后，我首先会把错题本拿出来，开始订正错题。一开始成堆成堆地错，很多题都不会，然后错题越来越少，最后基本没有了，十来分钟就能搞定，这的确成了学习中重要的一部分。

英语课外班的错题相对来说比较少，但我订正得很认真。每次错题本发下来，老师就会展示给同学们看："你们看一看付依潼的错题本，有解析、错因，你们少了哪项，回去补一补。"当我拿到自己的错题本，醒目的"Great（棒极了）"总会先映入眼帘，下面写着："字体工整，解析完整！"每回都是这样。

虽然老师经常夸奖我错题订得好，但我并没有因此骄傲自满，反而更加认真地订正错题。我的错题已经订正一年了，看着那一摞摞错题本,我心里感到由衷欣慰。

俗话说得好:失败乃成功之母。我觉得订正错题也是这个道理,正是因为有了错题本,我的成绩才有了明显进步。每次复习,我都会翻看错题本。我的错题在逐步减少,这不就是一个很好的见证吗?

别把困难看得太重

清晨,雨淅淅沥沥地下个不停,轻轻打在法国梧桐树上。我吹着清凉的风,看着阴暗的天空,情不自禁想起了"自古逢秋悲寂寥"这句诗,心中难免有些烦闷。

坐在窗边,双手托着下巴,时不时叹一口气。因为,昨天我的数学课外班进行了考试,前几次我总是抱着很大的期望,却都失望而归。这一次,我实在不觉得自己能考高分,想起老师对母亲说我成绩很好,可以去尖子班上课的话,我觉得有些讽刺。

不知过了多久,听见母亲叫我走,我才不情愿地离开座位,去上课外班。坐在车上,望向车窗外的天空,雨下大了,哗啦哗啦的,满目无边无际的灰暗。

下了车,我低着头走进大门,呼吸着新鲜的空气,心中却还是沉闷的。我弓着背,看着老师发卷。说不紧张,其实还是有些紧张。虽说不在乎,但还是迫不及待地想看到分数,尽管是低分。

老师终于向我走过来。当老师把卷子发给我时,我直接把它翻到背面,不敢看,就双手蒙着眼,把手指一个一个打开,深呼了一口气,才去看。看完之后,眼睛亮了起来,92 分! 虽不是满分,但比以前有了很大的进步。我的心好像突然变成了春天——烂漫的樱花,面带红晕的桃花,天空一碧如洗,白云在游荡,像一团团棉花糖。

当数学老师念到我是班里第一名时,我心里很激动! 我不由得想起父亲的一句话:别把困难看得太重。

听写风暴

"你听写错了几个?"

"哈哈,我全对!"

"唉,我错了好多……"没错,这就是我们班近日刮起的"听写风暴"。

四天前,丁老师开始布置听写任务,字词非常多,任务非常重。第二天课堂听写,真是有人欢喜有人愁啊!有人全对,有人错得少,有人错得多。虽然这是第一次听写,但是我们都下定了决心,争取听写全对!

于是我家就经常出现这样一幕:回到家,我立马看好几遍听写内容,把一些难的、不易记忆的字作为重点牢记于心,还不时用手比画着字词,写上几遍。然后我把书给爸爸,他读我写。我紧盯作业本,笔在本子上流畅地写着,终于,将近三页的字词听写完成了。我认真地对照着书本批改,比先前更小心翼翼,生怕这一次没发现,下一次还会错。改完了才发现,错的还是那么多,不过相比之前也有了可观的进步。我欣喜若狂,又把错的字听写了一遍,才去写其他作业。

　　不仅在家练习,在学校也如此练习。

　　下课了,我依然凝视着本子,复习着今天要听写的内容,我多么渴望能全对呀。我坚信,只有全力以赴,才能全对!

　　不仅我如此,同学们也都如此。刚进班,就看见一片白花花的打开的书本。原来是大家在复习,一个个严阵以待,如临大敌。

　　虽然这几天很辛苦,但我相信,不久之后将雨过天晴。

我的老师

一

还不认识她时，我就对她有所了解。

她是温柔的，声音如同四月的春风，柔柔的。炎炎酷暑，骄阳似火，操场就像大烤炉。她挨个细声细语地问同学们有没有事，难不难受。突然，其他班的一位女同学晕倒了，她离那位同学有几米远，立刻跑到那位同学身边，小心翼翼地扶她到后面休息。

班里要进行军训汇报表演了，只见她一个一个地帮同学收着红领巾，不一会儿手里就拿了一大把。只听一位同学说："这个老师好好呀，要是我们班的老师就好了。"

还真是，她是我们的语文老师！

她慢步走上讲台，穿着黄色圆领 T 恤，牛仔长裤，平底鞋，脸上带着笑容。她把包放在讲桌上，开始介绍自己。她姓冯，叫冯志娟，我们叫她冯老师。她还说，她是外柔内刚类型，我不禁好奇：她发起脾气是什么样子呢？

就在今天，我们见识了冯老师发脾气的严厉模样。

"你懂不懂尊重人？"她的声音响彻了整个教室。原来是一位同学在课堂上玩矿泉水瓶，发出"吱吱"的响声，只见她一把夺过瓶子，砰的一声扔到垃圾里了。全班寂静无声，望着她高大的身影，我把她深深印在了心中。

二

又是秋季，那霜白的小草、红火的枫叶、金黄的花朵，在秋风中一起摇曳着，划过几分耀眼、几分孤寂。太阳渐渐西沉，依依不舍地离西山而去，行行大雁飞掠而下，留下相思默默……

永远都记得那个人。

上了五年级，要换班主任了，心中有不舍，也有点雀跃。班上一片嘈杂声，同学们更多的是对新老师的期盼。新班主任是什么样呢？一位50多岁的大婶，和班中的几个同学交代着什么。她身材微胖，狮子似的爆炸头型，不经意间，我和她对视了一秒，那棕褐色的眸子，似乎穿透心灵，令我心悸。

我以为她是同学的家长，很快就忘记了。于是，和同学们愉快地谈论着假期的所见所闻。谈得忘乎所以时，那位大婶又来了，来一次不奇怪，第二次来竟然走上了讲台！天哪，我不可思议地捂住嘴巴，她该不会是我们的班主任吧。

和大家想象中的大相径庭！美好的梦境被破坏了，我们只得听她的自我介绍。

她在等，等我们议论完，班里寂静无声时，她说："没错，我没有你们原来的老师温柔，更没有她美丽。可是，我就是这个班的班主任，这是事实。"她云淡风轻地说着话，轻轻在黑板上写了"丁保先"三个字。她对自己的荣耀只字不提，让人误解为她只是一个普通老师，后来听别的老师说，她是全国优秀教师，很有名气。

记忆犹新的是她的原则："上帝第一，他人第二，我第三。"她说："我能容忍你学习差，但不能忍受你人格品质出问题。"她的话仿佛敲击着所有人的灵魂。

接下来两年，我被她大量的背诵要求打倒过，因为成绩退步被她训斥过，流过无数眼泪。但我不仅学到了做人的基本原则，而且背诵了大量国学经典，积累了海量词汇，写得一手好作文……她教会我很多道理。

美好的过往，如今历历在目，让我难忘……

新学年

新学期开始了,我进入六年级了! 我,成了低年级学生的"长辈"。我,成了六一班的一员。

记得刚步入小学时,举行新生开学典礼。我和几百名一年级的小朋友,戴上了红领巾,光荣地成为少先队员。大哥哥大姐姐们亲手为我们戴上红领巾。经历过这件事情,我多么希望有一天,也能亲手为一年级的小朋友戴上红领巾呀!

盼了好久,终于等到这一天了。六年级了,再过一个星期,我也可以为一年级的小朋友戴上鲜艳的红领巾,让他们成为光荣的少先队员了。这也是我步入六年级的证明。

六年级不只是欢乐,也有烦恼。

六年级意味着什么? 是的,要小升初了! 要想上一个好初中,你就必须努力奋斗,勤奋好学。小升初是学生时代一个重要的节点,所以,一定要考好!

古人说:"纸上得来终觉浅,绝知此事要躬行。"意思是:"书本上的东西终究是浅薄的,想认识事物本质,还得自己实践。"

五年级的暑假,妈妈给我报了数学和英语提高班,暑假变得非常充实、快乐,我的数学成绩有了很大提高。开学以后,每天都有课,学习变得更加紧张,每次都会很晚回家。

现在,叔叔阿姨问我上几年级了,我总会自豪地说:"六年级啦!"

六年级的日子,我给自己制订一个学习计划,如下:

1.每天完成两张口算题卡。

2.上课专心听讲,不会的课下要想想,会的可以大胆举手发言。

3.每天按时完成作业,预习课本。

4.不迟到,懂礼貌。

5.少玩电脑,不看电视。

6.当日事,当日毕。

以上就是我的计划,希望说到做到。

班里的新鲜事

一

我们班的新鲜事之最,莫过于"百家宴"。

"百家宴"是丁老师组织的,让每个同学把家里的拿手菜带到学校分享。美食应有尽有:糖醋排骨、可乐鸡翅、冰激凌、果冻、蔬菜饼等,简直数不胜数! 像自助餐一样。

同学们端着自家美食,在教室里走来走去,开始"觅食"。"嗯,这个真好吃!""让我尝尝你的。""好啊,尝尝我家的拿手菜!""真不错!"教室里一股美食香气扑来,每人脸上洋溢着兴奋与激动。真新鲜,这种美食宴,我们班还前所未有呢! 有的人不顾吃相,狼吞虎咽;有的人早上没有吃饭,为的就是这场"百家宴",虎视眈眈地盯着别人手中的佳肴;有的人这儿跑跑,那儿跑跑,奔波在美食之间;有的人转来转去,不停地对别人说:"尝尝我的菜吧……"

你瞧,郑越桐桌子上摆了 3 个大号保温盒,一个热菜,一个凉菜,还有一个甜点。她的菜看精致无比,令人垂涎欲滴。不知是谁喊了一声:"这个冰激凌好好吃!"一大堆人便闻声过来,里三层外三层,把他团团围住,原本可爱的冰激凌立刻一片狼藉……

吕漠含带来的果冻也备受欢迎,令人啧啧赞叹。因为别人疯抢,我最终没能尝到美味的自制冰激凌,于是我又四处寻找,看见了一盒外形精致的东西,周围围了不少人。我走近一看,原来是一盆黑黑的东西,龟苓膏?再一看,原来是果冻!果冻超有弹性,一番周折后,才送到我的嘴里,清清爽爽,酸梅的味道沁人心脾。"嗯,真的很好吃!"我称赞道。后边还有很多人排队,我不好停留,就又去寻鲜了。

二

其实,最让人羡慕嫉妒恨的,莫过于"没有语文作业"这件新鲜事了。

"我手都快写断了,你怎么那么悠闲?"院里的好朋友阳阳有点幽怨地说。我手插在口袋里,不紧不慢地看起了课外书,懒洋洋地靠在沙发上。听见阳阳说话,我伸了个懒腰:"谁让你们老师布置那么多作业?看看我们,没有作业。"

"真羡慕你们啊!竟然没有语文作业。"她更加幽怨。她写了一个多小时的作业,垂头丧气的,看我的眼神都充满了向往。

"除了这些,我们还有一篇作文要写呢!"

我对阳阳的抱怨摊摊手、耸耸肩，表示无可奈何。

我们班的新鲜事，是不是让你大开眼界呢？

有奖竞猜

开学以来，丁老师不再布置任何书面作业，而是让我们读《哈佛家训》，并让我们猜上课会讲书中的哪一篇，猜对的有奖，奖品往往是一颗糖或其他小东西，这让我蠢蠢欲动。

前几次我扑了空，心中既焦急，又多了许多兴奋，心里想着一定要猜对！

这天，我又猜了一次。我知道，丁老师往往会挑篇幅较长的、内容上有很多可取之处、在道德层面上能给我们启发的文章。抓住了这几个关键，又进行了比较，我终于锁定了目标——《无私奉献的报偿》。这篇文章有很多可取之处，诸如对比、反衬、过渡、细节描写手法等，在道德层面还能给我们启示。"就这篇了！"我自信满满地想。

第二天，丁老师先让我们自习，让我们写出选择这篇文章的十条理由。经过考虑，我依然选择《无私奉献的报偿》。虽然周围几个同学都选择了《妈妈只收 0 元钱》。30 分钟过去后，丁老师来了，她在教室里走了一圈，在离我比较远的座位旁，说了一句："你选对了。"几句话说完,她便转到我这边。她站在我身边,声音也变得格外响亮:"你也选对了。"我激动得差点儿喊出"耶"来,从昨天到现在的紧张顿时灰飞烟灭。

下午,老师着重讲了《无私奉献的报偿》这篇文章,并给猜对的同学发了奖品。一颗黄色糖果,看起来微不足道,却让我的心如这颗糖一样,甜甜的。

有趣的历史

　　《上下五千年》这本书，让我觉得历史真有趣！这本书不仅让我认识了许多历史名人，还了解了一些历史故事。

　　《上下五千年》写的是中国五千年的悠久历史，讲述了从原始人钻木取火，到宋元明清多个朝代悠久的文化和历史，内容丰富多彩：有记录人的、有记录事的，让人看得入迷。治水的大禹、机智的墨子、一鸣惊人的楚庄王、善于用计的诸葛亮、首个皇帝秦始皇，这些人物活灵活现，跃然纸上，让人敬佩。

　　印象最深刻的是一鸣惊人的楚庄王。楚庄王刚继位时，只顾吃喝玩乐，不务正业，亲信小人。朝中两位忠臣冒死谏言，终于让楚庄王把小人撤职，辅佐他的两位忠臣得以升职，后来攻打下许多地盘。

　　钻木取火的传说我也很感兴趣。最早的原始人，还不知道利用火种，东西都是吃生的，甚至害怕接近火种。可每次野火灭了之后，他们发现被烤熟的肉很好吃，所以开始尝试着用火烤东西吃。古人还发现，用两根木头一起摩擦，能摩擦出火星，于是他们就使劲摩擦,真的生起火来。于是火种诞生了。人们用它烤食物、取暖,人们能够吃上熟食了,火种慢慢保留了下来。

墨子破云梯的故事,也很有趣。楚王命工匠鲁班发明了一种名叫云梯的工具,墨子来到鲁班那儿,说要破了云梯,于是他们开始对决。最终,墨子成功地攻破了云梯。鲁班暗示要杀了他,墨子说,即使杀了我,也不能得逞,因为这套守城的方法,我的弟子已经学会了。楚王无可奈何,只好放墨子走了,墨子就这样阻止了一场战争。

中华文明历史悠久,《上下五千年》是一本记载着古代历史文化且有趣的书,一定要看看哦。

被留校

星期二下午,我被留校留到六点钟,课外班也迟到了。

那是一个阳光明媚的下午,又该背诵经典了,背不过就要被留校。怕下午被留校,我中午一直在背书。下午快五点时,班上还剩十几个人,我还是不会背。丁老师刚去教室外面透气,十多个人便蜂拥而上,争着给阿姨背,因为阿姨检查得相对较松。这一幕被丁老师看见,说:"你们不是会背了吗? 都过来给我背。"教室里顿时鸦雀无声。刚刚排队的同学纷纷回到座位上,一片寂静。"出声读。"丁老师说,"读十遍八遍就会背了,不行就读几十遍。"二十多分钟过去了,没背过的同学渐渐从十几个变成了七八个,我心急如焚。

丁老师点名让我给她背书,因为害怕,所以我站在座位上背:"故天将降大任于斯人也,必先苦其心志,劳其筋骨,饿其体肤……"前面勉强能过,到"出则无敌国外患者"时我就忘记了,过不了。坐到位上时,我的喉咙生疼,眼眶不禁湿润了。但是,很快我就把眼泪憋了回去,并且告诉自己不能哭。

又读了很多遍,我决定再给丁老师背一次。可是又在原来的地方背错了。我的心情可想而知。老师问我:"你今年春节在家背了没有?"此时我已泪流成河,阿姨给我拿了纸并说:"这个小姑娘背得差不多了。"我擦干了眼泪,振作精神,平静了一会儿,又开始读。丁老师走了,我又给阿姨背,总算过了关。

已经六点钟了,课外班已经上课半个小时了。我急急忙忙去上课,得知爸爸很着急地找我,我又给爸爸打了个电话,才算没事。

寒假没有背书,上学后背书就很吃力。以后,要今日事今日毕。

长者立幼勿坐

班级活动于当日下午 3 点钟结束,同学们乘坐大巴车返回学校。

车子快要开动时,丁老师终于回到了车上。丁老师刚一上车,就有几个同学把前面的座位让给她,可丁老师不坐,她看见几个讲解老师也上了车,让他们坐。

此刻,一位男老师朝着我和倪秋雨走来。我心想:要不要给这个老师让位,自己坐到后面去呢?后来转念一想,车子后面还有座位,还是不让了,让老师坐到后面吧。

于是,我俩心安理得地坐在位子上。丁老师看见了我们,瞪了一眼,说:"别摔着啊。"我似懂非懂,点了一下头。"坐稳了,别摔着啊。"丁老师再一次说。我和倪秋雨对视一下,终于明白了她的意思:原来,是想让我们给老师让座。

我们立刻起身让座:"老师,坐这里吧。"我俩迅速坐到了大巴车的最后一排。回到班里,老师才指出了我们的不对:老师还站着,应该主动让座位。而且老师要在车上为我们讲解,应把前面的位置留给老师。

　　"长者立，幼勿坐，长者坐，命乃坐。"这是《弟子规》的精髓，可我们却没有做到。背《弟子规》《论语》《三字经》，一定要记住里面讲的道理。

　　"上帝第一，他人第二，我第三。"我们不能自私自利，要时刻为他人着想。

只有一句祝福语

我给妈妈的三八妇女节礼物，只有一句祝福语。

上课外班的早晨，只有我和妈妈在，我有些羞涩地对妈妈说："妈妈，节日快乐！"妈妈会心地笑了，对我说"谢谢潼潼"。我知道，虽然只有一句祝福语，但是妈妈仍然觉得很开心。

这时我才发现，妈妈想要的礼物不是物质上的，而是心理上的。

于是这天，我没有吵，没有闹，乖乖的，把所有的作业早早地完成。

但是，我知道，不仅仅是这一天，明天，后天，大后天……永远，都要这样做，听妈妈的话，把自己该做的事情做好，这才会令妈妈欣慰，而不是买礼物给她。

一直以来，都是我从妈妈身上索取，现在应该回报了。

以前妈妈辅导我写作业，从今往后我要独立完成；以前我的书桌由妈妈整理，以后我自己整理；以前总是妈妈扫地倒垃圾，以后我帮妈妈打扫……

自己整理房间时，我才发现，妈妈为我付出太多了。

妈妈为我洗衣服、做饭、打扫卫生，十年如一日；生病时，她提醒我多喝水，按时吃药，为我请假，让我休息；中午回到家，就会变戏法一样做出一桌丰盛的午餐；我大汗淋漓时，她边给我倒水喝，边给我擦汗；我背书背不过时，她总是一边安慰我，一边拿起书和我一起背；我忘带作业时，她总是把作业送到学校……虽然都是细微的小事，但都饱含着妈妈对我的爱。

我爱妈妈，也会为她全力付出，不再让她因我而辛苦，不再任意索取。

班级活动

本周二,学校组织高年级同学去金水区少年儿童活动中心。班里所有同学都去了,带领我们去的是少年儿童活动中心的几位老师。

大家依次坐上大巴车,每人都笑容满满,兴高采烈。不出 15 分钟,少年儿童活动中心就出现在眼前。我从挎包中找出了活动日程表,哦,上午在活动中心做饼干、上消防安全课,大约 11 点 50 分吃午餐。

进了活动中心,领队老师带我们去做饼干的教室,并把全班分为几个组,一组 8 人,最后剩下我、赵嘉茵、李冰、黄笛和周思成分为了一组。我们坐在座位上,老师给我们讲了做饼干的要领,每组发一个面团。

周思成把面团平均分为 5 份,一个人一份。老师给每人发了一张油纸、一撮面粉,一组又发了两个相同的模具。此时,我已经把面团揉得光滑了,又把面团按薄。拿来了模具,按了两下,一个小水滴形饼干就做好了,我做了 4 个。剩下一点面,不够做一块饼干,只好和组员的面和在一起,做了两个饼干,我们组共做了22个小水滴。我们把饼干交给老师,等所有组的饼干交齐,就可以放入烤箱烘烤。

这时候,我们就在教室看电影。过了约半个小时,香味就飘到我们鼻子里,又过了10分钟,只听烤箱"叮"的一声响,饼干做好了。老师把饼干发给我们,我品尝了一块。自己动手做的东西真好吃啊,我决定把剩下的饼干放入袋子里,回家拿给爸爸妈妈吃,让他们一起品尝我的劳动成果。

在活动中心,我们还上了消防安全课,在那儿吃了午饭后又看了电影,约下午3点,我们就回去了。

这次班级活动,不仅动手,而且动脑。这样有意义的活动,以后我要多参加。

翻绳潮

一

"咦？你还不会松紧带啊？我教你吧！""你学会几种方法了？我已经学会了十多种。"你听，大家在热火朝天地讨论翻绳呢！现在的五一班，最流行的是这根变化多端的绳子，它看起来是一根普普通通的细绳子，但在我们手里能变成五角星、松紧带、降落伞……

杨秋雨对翻绳的热爱达到了痴迷程度，下课玩，上课也玩。上语文课有丁老师监督，他不敢玩，可没了丁老师的监督，他就把那条"七彩绳"拿出来，在任课老师的眼皮底下玩，让任课老师暴跳如雷。可他还是不知悔改。最后，丁老师批评教育了他：上课不能乱玩那条绳子。

班里很多人也是这样，上课时偷偷在桌子底下玩翻绳。尽管所有任课老师一而再，再而三地强调，上课不要玩翻绳，可这个

"潮流"真是厉害,连任课老师都攻不破它,直到丁老师提醒了我们,大家才不敢肆无忌惮地玩了。

翻绳潮打破了班里的宁静,同学们课下玩,课上玩,放学玩,上学玩,坐在车上玩,有时间就玩。玩翻绳不仅勾起了童年回忆,还可以培养动手能力。班里有人最多能翻出 25 种花样,有同学还教老师新花式,还有同学拿了关于翻绳的书在学校里学,有同学从电脑上看视频跟着学……

翻绳潮流势不可当,不过,可不能因为它影响课堂纪律。

二

"你会不会变出五角星?我教你吧!""你现在学了几种翻绳?"听,我们班的同学又在议论翻绳了。每人都拿着一条细细的"百变"绳,心灵手巧地翻玩。

玩翻绳的提倡者是丁老师。玩翻绳既练手巧,又培养脑力,开始在班里大流行:从一人玩、两人玩,演变成十人玩、全班人玩。

提到翻绳,我最先想到的是幼儿园时玩的降落伞、五角星、松紧带。可惜时隔太久,我早就忘得一干二净了,没想到,现在又开始玩了,只能先从简单的玩起喽。

我首先想到的是五角星,说出手就出手,找同桌学吧!

我找到同桌,请他教我五角星的翻法,我拿出一条绳子,准备虚心学习。

他也拿出一根绳子。他做一步,我学一步。"先用食指撑住线的两头。"我做对了,接着问他:"下一步是啥?"他边做边说:"用小拇指从上往下钩往离自己最近的一根线，先撑着别动，还是小拇指从下往上穿过第二条线。"这点我很清楚，早就看他们做过很多次了，我很顺利地做完了这个动作。

"好了。"我有点不耐烦地说。

"把右手的大拇指穿进这条线里。"他边说边翻。

"哪一条线我没看清楚……"他又给我示范了一次，我这才明白，做完这个动作，该左手大拇指穿右手的那条线了，我很流畅地做好了。

"把小拇指松开，左手小拇指再穿过这条线就成了。"

我试了试，果然是一个五角星。看着我的作品，我感觉很自豪、很骄傲。后来，我把五角星的翻法教给了倪秋雨。他完成的时候，我觉得很开心。我教会了一个同学，我也成了小老师啦！

我越来越喜欢翻绳子这个小游戏，它不仅充满乐趣，而且听美术、语文老师说，还能增长智力！

拔河比赛

今天,五年级举行了一场拔河比赛,比赛进行得热火朝天。

比赛在下午开始,每班各有 15 人参赛,我也被选中了。女生先下了楼,随后男生来了,紧接着全班同学都来给我们助威。

终于,我们班要上场啦。丁老师给了我们别样的鼓励:如果不胜就要抄十遍《论语》。随后一声哨响,比赛开始啦!两队不分上下,一开始是他们占优,不过听着啦啦队的喝彩,我们使出了吃奶的劲儿,又拉了回来。用力拉,再用力拉,我们不顾三七二十一,只听一声哨响,我们赢了!然后是一阵"耶"的声音,同学们欣喜若狂。

争取再接再厉,创造辉煌成绩!第一局结束后,我们换了场地,和另一个班对决。我们虽然手酸了,但还是抱着很大的期望,使出全身力气,用力拉。可是对方实力确实很强,过了十几秒,还是分不出胜负,我们猛一拉,却闹得后面几个人摔倒了,裁判让我们换场地。

重新开始后,我们使出全力,旁边的同学也为我们助威,眼看他们快要赢的时候,有人叫出了声:我的衣服要被拉掉了! 可顾不得那么多了,同学们又一次拼尽全力。在这紧要关头,我们本想反超,有人却摔了一跤,少了一个人,力量上立刻弱了下来,裁判吹了声哨,对方赢了。

我们无话可说,丁老师让我们回班去。上了楼,回到教室她才说:"我们确实没他们力气大,他们一个个块头大,我们都是些瘦人。"

这次拔河比赛让我认识到:团结是最重要的!

胆量

　　班里举行职务竞选,有些人大胆参加竞选,可有些人根本没有胆量参与。

　　李冰是个学习谈不上特别好的学生,她竞选课代表其实没特别大的胜算,令大家意想不到的是,她竟然要竞选班里的中队副。虽然没能胜出,但起码她站了出来,跨出了第一步,这点是很多人都做不到的。她上台的那一瞬间,许多人都惊叹不已。能看出讲台上的她非常紧张,手一直拽着衣服,演讲有很多次停顿,但许多人为她鼓掌,其勇气可嘉。

　　黄笛同学这次竞选的职务是文艺委员,虽然谈不上重要,但这是黄笛几年来的梦想。黄笛不足的地方很多,比如唱歌等文艺才能并不出色,可是坚持梦想的她,毅然迈出了第一步——走上演讲台。大多数同学都认为她实力不如袁迪,我的好朋友赵嘉茵觉得黄笛是自己的发小,就把票投给了她。可我、倪秋雨和肖遥都认为,实力说了算,将票投给了袁迪。最后的结果可想而知:袁迪以将近 70 票的成绩胜过了黄笛,但我还是对黄笛刮目相看——为了自己的梦想坚持不懈，虽然明知道结果不会如意，可还是大胆地走向讲台。

竞选英语课代表一职时，旁边的同学都极力推我上台，因为我的英语成绩很好。我却认为这会耽误学习，且缺少勇气去演讲，坐在下面无动于衷。没有争取，就没有任何可能性。虽然心里这样想，可我还是鼓不起勇气上台演讲。旁边的赵嘉茵、肖遥和郭昊彤一遍遍对我说："去呀，去呀！"可我始终没有走上台。

经过这次职务竞选，我发觉，胆量非常重要。爱拼才会赢，不拼，没有胆量，不去尝试，谈何胜利呢？

我对自己说："下次一定要拼。"就像背书一样，你不去尝试背，不知道自己的水准，怎么能背好呢？

读《水浒传》

一

新学期,老师让我们读《水浒传》。现在,我觉得越读越有味儿。

开始时,丁老师对我们说:"可不要上瘾哦,别天天晚上打着手电筒钻在被窝里看。"起先,我以为丁老师在开玩笑,心想:《水浒传》真的会这么神奇?看了第一回,我似懂非懂,没觉得它有那么神奇。连看都有些看不懂,怎么可能会上瘾呢?看到第三回,我能看懂大概意思了,可还是似懂非懂。回家看到这枯燥的《水浒传》,心想怎么会上瘾?丁老师果真是随便说说的。

看到第七回,我终于能把意思读明白了,但还是没有怎么改变我的看法。让我震惊的是,我们班的刘景元已经把上册、下册全看完了。我不禁心生疑虑:难道《水浒传》真有这么大的魔力,让人欲罢不能?看到第十回时,我开始感觉《水浒传》真的有魔力,让人欲罢不能。看到第二十回时,真如丁老师所说,想停都停不下来了,真的太好看了！丁老师问谁看到哪儿的时候,几乎所有人都看到了二十五回以后。

现在,读《水浒传》不觉得枯燥了。最难忘的一回,是"杨志押送金银担,吴用智取生辰纲",文章通过描写杨志,来衬托吴用的聪明才智。我不得不向吴用说一声：你真是太有才了！而且我还学会了以 A 衬 B 的描写方式。还有一回讲的是陆虞候在朋友林冲有大难时,非但不帮他,还去帮助敌人,而林冲刚结识的朋友鲁智深却帮助了他,陆虞候还是林冲的发小呢。大难才是试金石啊！

读水浒,益处多。

二

黑黝黝的皮肤,一看就是彪悍、杀人不眨眼的魔王,忠义是他的特征。他就是李逵。

其实,说李逵是"黑旋风",不如说他是"忠义郎"：一是对母亲孝义,二是对兄弟忠义。

李逵临终前得知是宋江害了自己,泪如雨下地说："罢,罢,罢,生前是哥哥的人,死了也是哥哥的小鬼。"读了这番言语,觉得李逵很傻,自己生平最尊重、最看重的"亲"哥哥,现在反倒害死自己,这是何等的不公平！真替李逵咽不下这口气。后来,我认为不是因为李逵傻,而是他太信任别人,对别人太诚实、仗义了。宋江因为知道李逵不会拒绝那份酒,才毒杀他的。

这足以显现出李逵对兄弟的赤胆忠心。

孝义呢？一起回顾李逵杀李鬼的情景吧！李逵偶遇装假李逵的李鬼来劫自己，他正要杀李鬼时，被李鬼的一番鬼话迷惑。李鬼不愧是"假冒产品"，像推销员似的，花言巧语骗李逵。李鬼说自己有九十岁老母，来此劫财是无可奈何之举。这番话深深打动了李逵：眼前这个打劫自己的人，是为救病危老母……出于对李鬼孝心的感动，李逵放了李鬼，劝他不要劫财了，并给李鬼一锭银子。他认为李鬼的孝义很真诚，所以才放走了他。不是自己对母亲孝义，他就不会被别人的孝义所打动。

他的孝义还表现在为母亲报仇打虎的事情上。那时，李逵的母亲口渴得很，李逵背着母亲走了那么多山路，又要为母亲寻水喝，没办法只能放她在这休息一下，自己去寻水。李逵一溜烟地去寻水，却未能想到母亲眼睛看不见。这儿是个野兽出没的地方，回来的时候母亲已经不见了。在万分焦急之际，他看见了老虎，心中有了数——想必多半是被这老虎吃了。心中怒火便起，拿起刀就向这老虎走来，一定要报杀母之仇。李逵速战速决解了心头之恨，然后大哭一场，足以表明对母亲的孝义。

李逵对母亲孝，对兄弟忠。他虽然鲁莽，却是我最喜欢的水浒人物。

三

"该出手时就出手哇，风风火火闯九州！"刘欢的这首歌体现了《水浒传》的主题思想——路见不平，拔刀相助。

那么，哪些时候该出手，哪些时候不该出手呢？

我总结了几条"该出手"：除暴安良时该出手；为兄弟之情时该出手；自己忍无可忍，别人做得过分时该出手。不该出手：对无辜老百姓不该出手；各方面对自己不利时不该出手。

我给大家举几个"该出手时就出手"的例子吧！

首先，武松杀西门庆是该出手的。因为武松是为自己的兄长报仇，他多次警告潘金莲，但潘金莲敬酒不吃吃罚酒，和西门庆通奸，毒死武松的亲兄长武大。此仇不报，难解心头之恨，武松拿着刀果断地割下了这对狗男女的脑袋。

其次，鲁智深拳打镇关西是该出手的。一日，鲁智深和史进喝酒偶遇金家父女，得知开肉铺的镇关西是个恶霸，所以为金家父女打抱不平，用拳头打死了镇关西。后来，鲁智深也得金家父女相救。这也给我们一个启示：帮人等于帮己。

好一个"该出手时就出手！"其实，现实生活中也蕴含着这个道理。

如果好朋友的东西被抢，旁边的人都在起哄，朋友不知所措时，我一定会伸出援助之手，把东西要过来，还给我的好朋友。

最近，发生了这样一件事情——一位小伙子看见一个男人游走在铁道上，一列火车快速地开过来，他奋不顾身地去救，可火车的速度太快了，小伙子和那个男人都失去了生命。生命是珍贵的，当你无能力去救助别人时，不要出手。

请牢记：不要在该出手时退缩，也不要在不该出手时冲上前。《水浒传》里如此，人生亦如此。

"飞雪"

一

这几天,空中突然飘起了"飞雪"。"飞雪"轻飘飘的,是杨絮。杨絮来无影去无踪,捕捉起来就更难了。

我想捉"飞雪",它飘来飘去让人摸不透。用手一拍,它被我双手用力一合的风吹到了旁边。我一连做了好几回,可它总是和我玩"躲猫猫"。

我又试着用一只手罩"飞雪",一直追着杨絮来到窗台上,然后一拍,带起了一阵微风,它好像迫不及待似的,从"牢房"中逃脱出来,重新获得自由,逃之夭夭了。

我又试了几次都没成功,实在耐不住性子,只好采用最原始的方法了:用手直接抓,抓一个是一个。因为风大,起先抓不到,我并没有着急,不信自己抓不到。不一会儿,终于抓到了一个。有了动力,我再接再厉,仍然用这种方法来抓,不一会儿,终于有许多个战利品。

我带着战利品回了家,继续观赏这特别的"飞雪"。

"飞雪"有的大,有的小,每一个形状都不相同,和雪花还真有点儿相似。每个"雪花"形态不同,但颜色都是白色的。杨花飞舞的季节,我观赏着这漫天飞舞的杨絮,真像下雪一样!

这次捉"飞雪",我认识到了专心的重要性。正如背书一样,如果不专心,不仅背不会,而且背得很慢;相反,如果你专心致志地背,你就会背得又快又好。

《中华经典诵读》中有一篇文章说:那个人没这个人下棋下得好,是因为那个人笨吗? 当然不是,而是没有专心致志。

二

操场上的"飞雪"无处不在,找到它很容易,捉住就难了。

我望了望,"飞雪""走"来"走"去,只好跟着它。忽然,一片"飞雪"上前来,和我来了次亲密接触,"趴"在了我的胳膊上,我迅速出击,一巴掌拍到胳膊上。不料那个"小不点"反应极快地落荒而逃了。

我继续抓"飞雪"。不过,着急却没有用。我只好耐着性子,"飞雪"像在冲我说:"来追我呀! 来追我呀! 追不到吧!"

我又找到了一种方法:认准目标,在"飞雪"飘到我面前时,非常轻地用两只手猛地扣住它,它就逃不出手心了。我反复试了几次,采用这个方法和它们捉迷藏,一会儿捉住了两个小的,一个大的。

和"飞雪"玩捉迷藏,让我认识到了耐心的重要性,做事不能半途而废,努力做就会做好。正应了那句古话:锲而舍之,朽木不折;锲而不舍,金石可镂。

丁老师的眼睛

一

想起背《弟子规》的情景,我就莫名地紧张。看到丁老师那双黄褐色的眼睛,我就情不自禁地忘词。

背书时,总是想到丁老师发威的样子,还有背不过时的样子,再想到丁老师那双令人毛骨悚然的眼睛,一下子,脑中一片空白,于是本来会背的都不会了。

我曾问过旁边的同学,为什么不给丁老师背书呢?说法很多,但总结起来都是因为害怕丁老师。不过,我认为不是。

我的前同桌,他背得很好,给丁老师背书,面不红、心不跳,出口成章,没有停顿。背不过时,也不拿"怕老师"做借口。

中队长丁浩森,第一天给丁老师背书时,第二句就张口结舌了;第二天丁浩森重新给丁老师背书,背得滚瓜烂熟。

事实证明,不会背同学口中的"怕丁老师,不敢背",纯属无稽之谈。他们不敢背，完全是为自己的不会背找借口。丁浩森为什么第一遍没过而第二遍过了？是因为他第一遍根本不会背。

王紫兆为何不紧张呢？那是因为她下了功夫。背得滚瓜烂熟，不管给谁背，都不会因为紧张而失误、背错。所以，请不要再为你不会背找理由了。不会就是不会，紧张根本就是你们没有背熟。

如果你拥有足够的实力，还害怕丁老师吗？

二

在丁老师面前，来不得半点马虎，更别想偷工减料、瞒天过海。因为，丁老师的眼睛犹如孙悟空的"火眼金睛"。

星期二，我急着上课外班，可书却背得半生不熟，这可怎生是好？我陷入了进退两难的地步。心想：如果去给家长阿姨背，还能蒙混过关。可时运不济，偏偏今天丁老师"一时兴起"，要亲自上阵查我们背书，我陷入了危险境地。如果不背……课外班老师因为这个已经说了 N 次，提醒我不要再迟到了。无可奈何之下，我只好硬着头皮怀着侥幸心理上阵。

下一个就是我了，我心跳加速，默默地在心里祈祷："阿弥陀佛、玉皇大帝、如来佛祖、托塔李天王……神呀！保佑我过关吧！阿门！"我是典型的临时抱佛脚。

很快就轮到我了，丁老师就说了一个字——背。我缓缓开口："明明如月，何时可……可……可……"丁老师抬起头，用严厉的目光扫了我一下，一双褐色的眼睛，深邃无比。本来就半生不熟,再经这一看,我彻底忘完了,脑子一片空白……

回到座位后,看见同桌在使劲读,我坐在那儿,不知所措,想起那几天一直在钻阿姨的空子,真是羞愧难当。

我在座位上拼了命似的读起来,忘记了所有事情,平心静气。6 点多钟,课外班也耽误了,我给丁老师又背了一次,没有侥幸心理,一鼓作气,背得滚瓜烂熟,并惊讶地发现,丁老师其实并没有那么可怕。

虽然那双眼睛平时很严厉,但也有温柔的时候。有一次,我们在做大课间操,丁老师刚好走过来,她看见了我,用手摸了摸我的脸蛋,笑眯眯的。我非常激动,心中像抹了蜜似的,便忘了她那双严厉的眼睛。

丁老师的眼睛,并不是那么可怕。背书时,下够功夫,才会克服那种怕。

同班同学

一

倪秋雨很乐观，"背书没有过"时，她总是以"一定能背过"作为动力。

还记得上个学期背《弟子规》时，我也被留了下来。时间一分一秒地过去，我只会着急，而她，却在专心致志地读。过了十几分钟，她去给阿姨背，就背过了。我很惊讶，刚才我们互背时，她还没有我背得好，现在她竟然比我先背过了。看来她在那最后短短的十几分钟内，并没有像我那样心急如焚，而是不放弃希望，坚定地背着。

还有一次背书，我过了，她没过。我走时，已经快中午 12 点了，她还在专心致志地背。我心想，要是换作我，早已痛哭流涕了。

除了坚韧不拔，她的性格还很直爽。

五年级开学，老师又调了座位，她和徐寅哲成了同桌。徐寅哲老是爱说话，倪秋雨不想跟他坐同桌。一般人都会服从老师的安排，可下课后，倪秋雨竟然直接告诉老师不想和徐寅哲同桌。

如果是其他人，肯定不敢说给老师听。她竟这么直爽。

二

我前面，有一个小小法布尔，他是热衷于昆虫的王紫兆。

你瞧，小小法布尔又在摆弄他的宝贝昆虫了。虽然这些昆虫在其他人眼中毫无价值，可在小小法布尔面前，珍贵得像国家级保护动物。

丁老师说，她也是从周思成、袁梦等同学那里得知王紫兆的兴趣爱好，丁老师让王紫兆把他的宝贝收藏拿来展示时，全班人都惊呆了。王紫兆有很多在捕捉昆虫过程中拍的照片，真是奇妙。每展示一张，同学们就发出一阵赞叹，全班一次又一次地为他鼓掌。他用的科学名词也都非常专业，有很多词大家都不懂，可他却说得头头是道。害怕昆虫的我，对照片中的很多昆虫都不认识，可他对昆虫的种类、习性等都很清楚，能一一讲解给全班同学听。

他还做了很多昆虫标本，这都是长期积累得来的，足见他对昆虫的痴迷程度，怪不得大家都称他为"小小法布尔"呢！

语文老师抓数学

近期,语文老师开始抓数学了。谁在课堂上做小动作、不认真听讲,班主任丁保先一声令下:"10 加 10。"数学作业翻倍!我们经常听到"10 加 10""20 加 20""10 加 10 加 10"这种惩罚,最严重的是罚"40 加 40"遍,真是让大家担惊受怕呀!

被罚最多的就是董宇婷了。老师说她上课总是东张西望,不专心听讲。从周二到现在,她曾多次连续被罚"10 加 10"或"10 加 10 加 10"。我的好朋友也屡次和同桌说话,两人同时被罚了好几次。不得不说,丁老师这一次是准备一抓到底,动真格的了。

起先,有几位同学还不信,以为丁老师只是随便说说,过后就忘了,不会检查罚写的数学作业。可是丁老师做事一贯认真,必查布置的作业。如果不写被罚的作业,将再次加倍罚!

见此,同学们都不敢胆大妄为,还是小心为妙吧。没有人愿意多写几十道数学题,没有人愿意往枪口上撞,自然多写数学作业的同学越来越少了。

数学老师听到后,告诉我们:"想不被惩罚,就要做好最简单的事情——专心致志地听讲。"

丁老师抓数学这件事,其实认真想一想,未尝不是一件好事呢!既让同学们在所有课上能认真听讲,又在多写作业的同时提高了数学成绩,岂不是一举两得?

快乐运动

运动是快乐的，但说起来容易，做起来难。

那时，爸爸妈妈给我报了羽毛球课外班，非常辛苦，我从最基本的动作练起，练得腰酸背痛。这我还能忍受，到了中级班，开始练打球，动作越来越多，而且还是夏天，要练体能跑圈，最后一圈还要蹲着走。几次下来，我咬牙切齿恨不得马上走，可我还是坚持了下来。羽毛球打了3年，后来因为学习紧张，不打了。现在和妈妈对打，我竟能赢过她，这让我感到很得意。

五年级上学期，丁老师每天早晨带领我们跑步，从5圈、10圈到15圈，经过了十几天的艰辛锻炼，跑15圈已经不觉得怎么累了，反而有种跑上瘾的感觉。虽然每次跑完都大汗淋漓，但很快乐，很舒服。那段，妈妈的好朋友见到我，都说我瘦了，我想，这肯定是我运动的缘故吧。

近期，丁老师要求一分钟踢十个毽子，踢不够就要停课了，我心急如焚。周末两天，我一直挤时间练习，照照镜子，我满脸通红、汗流浃背、喘着粗气，一摸衣服全是汗，已经湿透了。顾不上喝水,我一直练到吃晚饭,已经累得没力气说话了。渐渐的我能一分钟踢十个毽子了,这是我苦练的成果。第二天来到学校测试,"耶!我踢过啦!"我无比兴奋,像是在做梦。后来,我踢得越来越好,还当了师傅,教徒弟踢。心里不仅快乐,还有成就感。

无私的使者

义工是无私的使者、奉献的天使。周日,在班级举行的"珍爱生命,感谢有你"大型公益活动上,义工们组成了一条"人路"。

这个震撼人心的活动叫"风雨人生路"。同学们被带到场地外,蒙上黑色的眼罩,便什么都看不到,像天黑了一样。几分钟后,我由爸爸妈妈扶着,小心翼翼地走进了"黑色"大厅,要走过一段特殊道路。

一会儿,爸爸提醒我:"该上楼梯了!"我的脚探索着前方的路,爸爸帮我把腿抬上去,就这样,进程正式开始了!

"往前走点,嗯,潼潼别紧张,该下台阶了。"虽然有爸爸和妈妈耐心地指引着我,鼓励着我,陪伴着我,但是我还是紧张万分,每走一步都要停顿一下,用颤抖的脚摸索着前面的道路,手心已满是汗水。

上了台阶,妈妈不停地对我说:"潼潼,轻点慢点,别踩太重……"她欲言又止,似乎掩饰着什么。我迈出第一步后,就知道下面的路是人搭建成的,因为这是一条软软的路,踩上去后,似乎往下顿了顿,吓得我停在了那儿。

我听见了啼哭声。我坚定了自己的想法,这确实是人用臂膀搭建的道路。我的脚步更加轻了,我怕踩痛他们。脚下的人,有的可能非常强壮,有的可能很瘦小,他们来自全国各地,毫无怨言地为我们付出,素不相识,却被我们踩在脚下……

我心情沉重地走完了这条"人生路"。看着为我们付出的义工,我不禁想,他们用单薄的身体撑起了我们前行的道路。旁边,一个小女孩不停地哭,她的爸爸要用身体去搭建人路,小女孩不忍心,想拉爸爸起来,可爸爸还是坚持到了最后。

是的,人生的路不好走,可能是父母、姥姥、姥爷甚至是陌生人用牺牲换来的,所以要特别珍惜。我走上讲台,像其他同学一样,给了义工一个深深的拥抱:"谢谢你们!"

挤出人流,我扑到爸爸的怀里,感觉他的怀抱好温暖。爸爸妈妈也为我默默付出了许多许多,而我却认为这理所当然。不知何时,两行感激的泪珠流了下来…

母亲那双手

　　烈日炎炎,班级要举行一场大型公益活动。听说有一项是孩子戴着眼罩摸出自己母亲的手。兴奋之余,我又多了些紧张,不由得握紧了母亲的手,细细感受:凉凉的,有点粗糙。我以为,有了这些感受,我就能找得又快又准。

　　终于开始了,全班 80 多个孩子,戴上眼罩,秩序井然地摸手找妈妈。天哪! 怎么都一样? 我不由自主地惊呼。这时才猛然惊觉,我对母亲的了解太少了,握了无数次她的手,却不知道她手的特征。

　　我迷茫,又着急,就像一个婴儿,因为找不到母亲想哭。在我看来,那些手是一模一样的,我跺了跺脚,又继续寻找。最后,在好友的暗示下才摸出了妈妈的手。

　　坐在妈妈怀里,意犹未尽地用我那双汗津津的手抚摸着妈妈的手——一摸就知道是干了许多活儿的,但又触摸到了温暖,穿透我的心灵,我能明显感受到那双手上不很明显的小小的疤痕,那是给我做豆浆时烫伤留下的。

我心中受了莫大触动。母亲,就像大树,累了,可以依靠在她身边——你总是在索取,有没有想过给大树浇水施肥?

　　还有一件事我记忆犹新,那本是微不足道的小事,却是给了我很大启发。

　　五岁的时候,一天深夜,我睡得正熟,腿上突然一阵痉挛,我被惊醒,其实只是抽筋而已,但当时我很小,以前也没抽过筋,又没受过什么苦,顿时"哇"的一声哭了,母亲被吵醒了,黑暗中,她的手握住我的手,给了我力量,给了我温暖。"怎么了潼潼?"她着急地问。我不说话,只是哇哇大哭,并护着我的腿。她似乎懂了,握住了我的小腿轻轻按揉,一股暖流注入了我的腿,疼痛慢慢缓解,我渐渐停止了哭泣,但还是不停地抽泣。母亲就搂着我,在我的肩膀上有节奏地拍着,不知不觉中,我进入了梦乡……

　　母亲的那双手,在我痛苦时,给我温暖;在我悲伤时,让我破涕为笑;在我迷茫时,给我指引方向……

　　你是否有这样的觉悟:当你的母亲老了,永远攥着她的手,像她小时候照顾你一样照顾她。

动物园

叽叽,每当听到这样的动物叫声,我就会想起那次难忘的动物园之旅。

那次,我和好朋友赵嘉茵一起约好了去郑州市动物园,上午九点二十分,我们准时出发了。

我们到动物园后,先去了西边。西边本来有国宝大熊猫馆,可是现在没有了。但是,一转眼,我们看见了班里同学,霍达和郭昊彤,于是两人变为四人,一块儿观看动物。

进了鸟类馆。各种各样的鸟儿叽叽喳喳的,飞来飞去,有鹦鹉、百灵鸟、喜鹊,还有一些叫不出名字的鸟儿,多姿多彩,煞是好看。它们在枝头、在水边,或啄食,或嬉戏,非常灵动,非常快乐。我看到了期望已久的孔雀,孔雀没有给人夺目的感觉,侧身的孔雀尾巴看上去真长,上面有一个个花纹,仿佛一个个睁得大大的眼睛,孔雀头上的羽毛也很特别,如同一个金冠。正当我要离开时,孔雀开了屏:蓝绿色的孔雀打开了它美丽的羽毛,像无数个大眼睛瞪着我,那高贵的身姿真是光彩照人。

老虎、狮子可以坐缆车观看。霍达提议去坐缆车，缆车上才是风光无限好呢！缆车缓缓地向前移动，往下看，是一大片绿色的草地，还有一头头长颈鹿。

长颈鹿脖子很长，花斑就像豹纹一样，一直延续到两只小巧玲珑的耳朵上。长颈鹿身材高挑，如果站在它面前，得抬起头来仰视它。长颈鹿不停地咀嚼，原来，它是一种反刍动物啊！

突然，听到赵嘉茵喊道："白狮白狮，白狮在那儿！"我直起腰来。她指给我看，果真，这头白狮一身洁白的毛，和普通的狮子确实不一样——左边的普通狮子是一身棕色的毛。白狮非常稀有，它生活在北极那寒冷、冰雪覆盖的野生环境中，白色是它的保护色、在冰雪中不易被发现。坐上缆车，我们又看了骆驼、牛羊等动物。

真是丰富多彩的一天。

杏荫下的童年

绿荫繁密的日子,杏花绚烂绽放,就仿佛夏天在蔚蓝海边不期而遇的穿裙子的邻家女孩,明亮的眼眸闪动着,花瓣扑簌扑簌洒落一地。我坐在树下,挥舞着短短的手臂,迎接杏花的飘落。

拾起一片,真的太美了。

杏花盛开的夜晚,与母亲坐在柔风吹拂的杏树下。母亲一脸惬意,摇着小扇,给我唱着童谣:"杏花开,毛茸茸,叶儿笑得乐开怀……"我咯咯地笑了,杏花也快乐得沙沙作响。

幽凉的杏荫下,我与伙伴们一起玩耍。躲猫猫的游戏,是童年永不褪色的经典,头埋在沁人的木香中,绿叶投下散碎的光影,稚嫩的童声响应着:"三二一,我开始了。"在大片杏荫下,我们奔跑着,你追我赶,伴着兴奋的声音:"我抓到你啦,不准耍赖。"杏花瓣落在我们的头顶上。

坐在屋内的我,望着窗外繁密的杏花。美味的晚饭早已准备好。乡亲们还在忙碌,等待是难熬的。陆陆续续有人回来了,窗外杏花香又飘了进来。饭真香啊,杏花是多么美啊!

童年是七彩糖罐中的蜜糖,香甜美好。重拾杏荫下美好的童年,怀念与小伙伴玩乐的日子。

给老师的信

亲爱的老师：

　　您好！

　　很快就要从小学步入初中了，和您朝夕相处了 6 年，我想在这里详细地介绍一下我。

　　我爱读书。寓言故事、古文小说、哲理科普……我百读不厌，常常沉浸在故事中，并学会了思考。每天晚上，我都要读半个小时的书，这个习惯，我已经坚持了四五年，家里一书房的书，都快被我读完了。我现在正读四大名著之一《西游记》呢，常常羡慕孙悟空的高超本领。

　　我努力为班级争光。上课我总是能够专心听讲，回家认真写作业，写完作业再去做其他的事情，每次考试都成绩优异。每逢去听公开课，我都会把红领巾戴好，因为这代表班里的精神面貌。在公开课上，我能够积极举手发言。碰到老师，我主动向老师问好，放学后我会把桌椅摆放整齐……我有班级荣誉感，能为班级争光，绝不为班级抹黑。

我很有毅力。学打羽毛球时，天天都有鸭子步、青蛙跳、仰卧起坐、跑圈等训练，我练得腰酸背痛、汗流浃背，而和我同去的好朋友因为坚持不了，没多久就放弃了。我没有气馁，咬着牙挺了过来。那段日子真是魔鬼式训练，令我心有余悸，我把那段日子坚持过去，就升到中级班了。我的脚也受了伤，一次回家竟看见脚上流了血，我洗洗伤口，第二次课还是去上了。一年过后，我又升了高级班，练了好多高难度动作，可谓功夫不负有心人啊！

　　有时，我上课也会走神，会忘带作业、也会偶尔迟到……以后我会多留心，提前做好准备！

　　这就是我，是不是有很多您不知道的优点啊？

　　祝老师身体健康，事业顺心！

付依潼

2014 年 4 月 4 日

早读

写作的灵感源于生活。

早上,班主任冯老师把卷子给了班长李高文,李高文拿着卷子入座时,发出了"砰"的一声响,这事发生得太快,还没来得及搞清状况,同学们铺天盖地"哇""天哪"的惊呼便来了。

我也兴奋了起来,急忙摇了摇同桌:"怎么回事,发生了什么?"同桌也一脸茫然:"我也不知道啊,到底怎么了?"又听到坐在最后一排的同学李嘉豪和王怡晴问:"咋回事啊?"我又拍拍前面的王嘉耀:"刚刚发生啥事了?""我也没有看清。"他耸耸肩,一脸无辜。

只见坐在班长旁边的陈思源,把手伸向班长的位置,拿起一张湿透了的卷子,贴在窗户的防盗网上,我们都笑了。他又拿了一张湿了半截的卷子,反复了几次,终于贴在了窗上。原来是杯子里的水太热,班长急着上课,端着的杯子掉在地上了。大家一个个笑得前仰后合,教室里像菜市场一样,老师也笑了。终于,喧嚣声归于平静。

随后，冯老师满面春风地对大家说："唉，老师也很激动啊，大家可以把今天早上班长的故事写成片段作文！"冯老师就这样，带我们走进了语文习作之门。

是啊，写作源于生活，离不开认真观察。即使是一件小事，也可以写成一篇小作文啊。

绘画达人

班里有三位绘画达人，他们是洗晓篠、王澜青和李仲文。

洗晓篠最擅长的是画人物，画得活灵活现。跟她做同桌的那段时间，才发现她一直深藏不露。她以前学过绘画，她的画栩栩如生、线条流畅，使我大开眼界。"真漂亮！"我赞叹道。我请她给我也画一张。以前对画画丧失信心的我，又重新爱上了这门艺术，整天临摹洗晓篠给我画的画，后来也能画得很像样了。

和洗晓篠不同，王澜青画的大多是国画。刚转来我们班时，她就参加了黑板报组，把黑板报办得焕然一新。后来，我还见过她画的山水扇面，有一种古色古香的韵味，更是赞叹不已。除此之外，王澜青画小人物的技艺，可谓炉火纯青。她画得这么好的主要原因就是她喜欢画画。真是应了孔子的一句话："知之者不如好之者，好之者不如乐之者。"兴趣是最好的老师。在王澜青家里，有一大堆画小人的本子，都是她日积月累的成果。

最后一位，就是李仲文。李仲文画古代人物还真有一套。那次班里让设计《水浒传》的扉页，他画了两个古人打斗的场面，一勾一勒,形象生动,像真的一样。他每次画的人物,我都看过,虽然不可爱,但画得极为逼真,像真人一样。

离 成 功 更 近

　　"五年级一班在秋季运动会中荣获第一名!"我们班又得了第一名。同学们欢呼雀跃,热烈地鼓掌,并纷纷围住李亚典。有人说"你真棒",并伸出大拇指;有人激动得要把他举起来。这次运动会能获得第一名,他功不可没。

　　我和李亚典是小学同学,又一同上的初中。每天放学我们总在操场上"疯"一阵再走,我发现,李亚典总是跟在校田径队后面凑热闹,不过每次都被甩得远远的。我劝他:"别起哄了,就你,瘦巴巴一个小人,还想……"没等我说完,他就一挥拳头,坚定地说:"只要不放弃,我一定能行。"他每天一有空就练习跑步,还向跑得快的大哥哥虚心请教。在他的再三请求下,体育老师才同意他参加校田径队。

　　终于,在五年级秋季运动会上,李亚典一鸣惊人。随着发令枪响,运动员们如离弦的箭,飞出了八百米的起跑线。"加油,加油,刘刚!"很多同学都把欢呼送给多次获奖的"飞人"刘刚,就连我们班同学也少有人关注在"大部队"中坚持的李亚典。

快看，李亚典追上来了！两圈过后，李亚典已超出了大部队，死死咬住"飞人"刘刚不放。也许"飞人"体力不支，他的速度慢了下来，还不时回头看。我们班顿时轰动了："李亚典加油，李亚典加油！"我们起立大声呼喊，为李亚典助威。别班的同学也在纷纷议论："这是哪班的？怎么半路杀出一匹黑马？"在同学们的助威声中，李亚典更加努力，最后一圈时，他竟然加速超过了"飞人"。

弯道时，李亚典已遥遥领先。正当我们觉得他要稳拿第一时，李亚典摔倒了。全场一片寂静，我们不由得为他捏了一把汗。原来，是一个被他落了一圈的同学摔倒了，他来不及躲闪，也跟着重重摔倒在地。瞬间，他一个鲤鱼打挺，勇敢地爬了起来，咬着牙，奋力向终点冲去。他终于取得了八百米第一名。当他一瘸一拐走向我们时，丁老师紧紧抱住了他，同学们也团团围住了他。

接下来的400米和接力赛中都有他的身影，五一班团体总分第一名，李亚典功不可没。

没有无缘无故的成功，只有努力、坚持，才能离成功更近！

学习命题

　　《哈佛家训》这本书,是由一个个短小精悍的故事组成的,读后不仅令人回味无穷,而且我还从中学了许多写作方法:排比、对比、过渡等,还学到了一篇作文如何命题才能吸引读者。

　　这本书中的各类文章采用了多种命题方式来吸引读者,激发读者的阅读兴趣。如以主要事件命题的文章:《圣诞夜的休战》《18 公里的成长之路》;以中心内容命题的文章:《纳粹的孩子》《佛洛尔的施舍》《邻居家的往来》;以人物语言命题的文章:《请把我埋得浅一点》《请你先上》《妈咪瞧那个人》……无论哪一种命题方式,都能迅速使读者抓住文章的大致内容。

　　通过对这些题目的研究,我最大的收获是:题目要巧用重点词。《细节中的人生》这篇,看了这个题目,你会马上想到:细节怎么会决定人的一生? 作者用了"细节"这个重点词,使读者急于去文中找答案。这样,即使是一篇无趣的文章,有一个好题目,读者也会往下读的。

　　《一道受用终生的选择题》这篇,看了题目,你一定会想:这是一个什么样的选择题呢？与一般的选择题有何不同？为什么会受用终生？一般的选择题只能用一次，可这个为什么用这么长时间？这一切的问题都是因为加上了"受用终生"这四个字。如果题目上没有这四个字，那结果就大为不同，不那么吸引人了。

俗话说得好："学了就用处处行，光学不用等于零。"也正是这样一个个鲜活的题目，触动了我的灵感，使我的作文经常成为老师讲评的对象，被同学们称赞——想到这些，心里就美滋滋的。

身边的故事

春日里，在清风的吹拂下，我的思绪飘回了小学的时光。

班主任丁老师的腿骨折了，同学听说了，没有商量却不约而同地做了这样的事——

每当下节课是语文课时，总会有几个学生争先恐后地拥进丁老师的办公室，异口同声地说："老师，我们来扶您!"大家相视一笑，很快分工协作，一个挽着老师的胳膊，一个帮老师拿作业，还有的同学帮老师拿钥匙……语文办公室变得热闹起来，充满欢声笑语。

到了教室，班长有条不紊地指挥着："快点儿，快点儿，搬凳子，放在这儿，来，丁老师您坐这儿给我们上课。"说着，就有同学搬起凳子，放在丁老师的面前。班长笑了，那些忙碌的同学也笑了，而丁老师，虽然以不太舒服的姿势坐着，但是不难看出她嘴角的笑意。一缕阳光洒进了教室，那暖暖的阳光，照在丁老师的脸上，折射出耀眼的光芒。

这个发生在我们身边的故事，在不断延续，持续了几个月……每天,我们都会利用下课时间跑去语文办公室,围在老师周围嘘寒问暖,直到丁老师完全康复。

我们身边有很多这样的故事,充满了温情、充满了感动,这是幸福,更是爱。

生活拾零

一

丁老师突然走进教室,她上身穿着碎花圆领衫,下身穿着一条黑色的七分裤,脚着平底鞋,一头棕黄色微微发白又卷卷的短发,脸上是显而易见的皱纹,可她那一双如同明镜又充斥着怒火的眼睛让人不寒而栗。

"你们的卷子写完了吗?"她疾言厉色,"没写完的自动站起来,没写完不站就重新抄写!"一两个同学起立了,她似乎还不满意,走下来一个个检查。"刺啦"——只见她撕了某位同学的卷子。撕卷子的声音不断,她面无表情,眼睛挨个扫下去,双手敏捷地抓住卷子,毫不留情地撕开,全班寂静无声。

临近下课,她站在讲台上说:"被撕卷子的同学,昨天我再三强调要认真写,否则有惩罚。你们抄写一遍重做吧。"说完,她快步走出教室,留下我们呆若木鸡地站在原地。

二

七年前,我和父母以及叔叔阿姨去厦门游玩。

尽兴参观鼓浪屿后,我们步行去码头乘船回厦门市区。道路上车水马龙,水泄不通,我走在我们一行人的最前面,前面是一个光头男人。我哼着小曲,步履轻盈地往前走,连头也不回。不一会儿,我就到了港口,兴高采烈地指着前面扭头喊:"爸爸……"可回答我的只有喧嚣的声音和一个个来回穿梭的身影。

我愣了一会儿,眼泪如同断线的珍珠滚落……找不到爸爸妈妈了。那一刻,我觉得世界都是昏暗的,身体摇摇欲坠。我强迫自己不再哭泣,按照妈妈所说的冷静应对,站在原地不动,可我发现我怎么也抑制不住那洪水似的泪水。

仿佛过了一个世纪。忽然,我听到了一个熟悉的声音:"潼潼……潼潼……"人群中,我终于看到了那高大的身影,猛地扑了上去:"爸爸……"那宽厚的怀抱,瞬间温暖了我的心。

一波三折后,我们终于坐上了船,妈妈吓得还在抽泣,一家人有哭有笑。

三

刚下课,操场上,一群刚从教室里冲出来的一年级小学生打闹着,发出爽朗的笑声,你追我赶,在操场上玩游戏。蓝衣服的男孩打了黄衣服男孩一下,笑着转身就跑,黄衣服男孩又追……就这样嬉戏着，脸上洋溢着天真无邪的笑容。

教室里，一串得意的欢呼声传来："我背过了，我背过了。"原来王紫兆背过了《三字经》，正在得意扬扬呢，还不时向旁边没背过的同学炫耀一番，惹得旁边几人对他怒目而视："有什么了不起！"他只管笑，蹦蹦跳跳地出去玩了。

"哈哈哈……"大家哄堂大笑，原来是看电影时碰到一个笑点，有人笑得差点岔气了，我也放声大笑。当大家笑完，还有人笑得忘形，收都收不住，又引起一阵笑声。大家纷纷议论着，继续观看电影。

快乐的笑，天真的笑，得意的笑……生活中的笑，随处可见。笑是人之常情，不会笑的人心是冰凉的。

追逐梦想

　　读完《哈佛家训》，我意犹未尽。印象最深的是"梦想篇"，看后我真想说："让我们追逐梦想吧！"

　　《哈佛家训》由一篇篇小故事组成，每篇故事都给孩子们深刻的启示，是一本让人受益终生的好书。例如《你必须要有目标》这篇文章，讲述了一对夫妇给两个孩子买了一条小狗，并请了一位驯兽师。驯兽师一来就问："小狗的目标是什么？"夫妻俩都不知道——小狗还有目标？驯兽师说："小狗的目标可以是导盲犬、警犬，也可以看家。"夫妻俩明白了教育孩子的道理：要有梦想、有目标。后来，这对夫妇的儿子成为市长，女儿成了电台主持人。

　　人一定要有梦想，为了梦想拿出勇气，不懈地努力，便一定可以实现。

　　这样的例子在书中比比皆是。两个美国女孩，一个叫辛迪，一个叫凯特，她们都有当电视台主持人的梦想。辛迪的表达能力很强，口齿伶俐，并热心帮助身边的人，可她总是等待着，以为自己有能力，需要别人来发掘，幻想电视台能主动找到她，从不主动行动。凯特虽然没有骄人的天赋，但她一直在默默无闻地努力，主动向知名的电视台投递自己的简历。得知大型电视台只招聘阅历丰富的人，她就进入了一些小电视台，从实习生做起，她坚信，只要有信心、肯努力，就一定能走上成功之路。几年后，她如愿成为一名知名电视台主持人。

梦想给予我们希望，它是我们飞翔的翅膀；没有梦想，我们就没有动力，失去了目标，就得不到自己想要的一切。

教师节的反思

　　教师节到了,路边的花店热闹非凡,只见五六个同学捧着鲜花,准备送老师一份礼物。

　　"快点儿买完花送给老师,任务就完成了。"上学路上,我经过一位学姐身边时,听到了她不经意的一句话。我顺便看了她一眼,脸上有高兴又轻松的神情。我忍不住摇了摇头,叹了一口气,心想:"难道对老师表达感恩、祝福之情,也是一种任务吗?"

　　我们向老师表达祝福时,地理和历史老师对大家说了同样一句话:"你们好好学习,就是给老师的最好礼物。"

　　可是我们平常做得好吗? 在课堂上,有人肆无忌惮地说话,班长喊了无数次安静,都显得苍白无力;有人偷偷地跑了神,老师讲的什么内容都不知道,学不会、弄不懂知识;有人在课间大声喧哗,挤来挤去碰坏了桌椅板凳……

　　教师节上午,最后一节课是体育课,班长早早跟大家说好:解散后,她喊"一二三",大家就一起说:"老师,您辛苦了,教师节快乐!"可一下课,有些人就风一般地跑回了教室,班长也是在老师走远了的时候才喊"一二三";给老师送祝福时,我也明显感到了声音的懒散、不情愿。

　　说了这么多,更多的是想通过同学的行为来反思自己,就像透过镜子看自己。初中三年,只有三个教师节,如今只剩下两个了。

　　教师节,真诚地,真诚地,送上一句话:"老师,您辛苦了,教师节快乐!"

下够功夫才能有真功夫

"1,2,3,4,5……179个!"哇,跳了179个呢! 这可不是常人所能达到的! 我不禁涌出一股敬佩之情。她,就是我们班有着惊人毅力的周宛月。

有人说:"跳179个有什么了不起的? 班中还有人跳180多个呢!"可我却不以为然,因为对比周宛月以前的成绩,179个已经是不可思议的事情了。

周宛月前段腿受伤了,身体非常不协调,跳绳一分钟50多个已经是奇迹了,而丁老师要求达到130个。周宛月妈妈多次给丁老师打电话,反复强调女儿身体原因实在跳不了。丁老师只好无可奈何地说:"让她试试吧! 如果不行就算了。"

如果是其他同学,可能就放弃了,但是周宛月并没有。

第一次测试跳绳,周宛月几乎是跳一个断一个,不是脚先跳就是绳先起,一分钟过去了,她只跳了不到60个,连我都替她着急。跳不过可是要被停课的,不过因为她妈妈给丁老师说明了原因,所以她不会被停课。可是她却打定主意,主动停了一个星期的语文课。最终奇迹发生了,她跳过了130个,名正言顺地走进了语文课堂。

寒假过去了,班里对跳绳的新要求出来了:一分钟跳160个。这下周宛月肯定惨了,我都替她捏把汗。

随着一声哨响,我跳完了。该周宛月跳了,只见她神采奕奕、胸有成竹,难道……时间容不得我多想,开始了!"1,2,3,4,5,6……"以前几乎跳一个断一个的周宛月去哪儿了?她的绳子飞速地摆动着。"哇,179个!"我惊叹不已。

这时周宛月摊开了手,啊!学生怎么会有一双这样长满茧子的手?她的一段话解开了谜团:"春节期间,我就一直在想跳绳的事,我不甘心,所以天天勤加练习,不分昼夜。跳的时候,我不紧张,因为我在家努力了,这样的绳子我已经跳断了三根。"成绩的背后是不为常人所知的努力!

看来,下够功夫才能有真功夫。

第二辑

无花果树

在那个栀子花开的季节里，午后的第一抹阳光，让人感到温暖无比。

漫步在这个季节，风是淡的，花是甜的……不知不觉来到院子最深处，这里曾经是我童年时生活的地方，在这里，我跟玩伴们堆沙子、摘无花果、玩猫捉老鼠、骑自行车……如今，无花果树依旧高大，但终归物是人非，我的小伙伴，你们去了哪里……

除了一群孩子的笑语，就没有什么了。他们嬉笑着、打闹着……这美好的童年，也是以前的我们所拥有的啊！没有谁能比他们更快乐了。

背后响起孩童的声音："姐姐，能不能帮我们摘几个无花果，我们够不着。"

转头，看见率性纯真的眸子中怯怯的眼神，我忍不住笑了。

曾经的曾经，我们也是这样的眼神，这样稚嫩的话语……那时在枝条掩映下，我们的小脸那么可爱。曾经，我们为无花果有没有毒产生过可爱的讨论。

"这些无花果，有毒啊。"我眸中尽是流光，故意逗了逗他们。

"什么？怎么会有毒啊？""我们吃了会不会被毒死啊……"他们刹那间炸开了锅，叽叽喳喳地讨论了起来。

微风拂过他们的发丝，映出他们执拗又纯真的脸庞。

"别怕，姐姐逗你们玩呢。"我摸了摸一个快吓哭的小女孩的头，安慰道。

"笑一笑，姐姐现在就帮你们摘。"我踮起脚，嗅到无花果叶的清香，摘了几个拿在手中，自顾自地剥了起来，……看见了小男孩渴求的目光，他拉了拉我的衣袖："谢谢姐姐……"

"好，给你！"我把果子一个个分给他们，他们一一向我说着谢谢。

孩子们欢天喜地地拿着吃着，向我招招手跑了。

我始终笑着，望了望那棵枝条交错、绿意盎然的无花果树，心中突然生出满足与快意。

那一群孩子，也帮了我一个忙：让我在心中保留一份净土，永远记住童年，记住那些美好的瞬间。

我在心里向着他们说："也要谢谢你们！"

还是那一棵绿油油的无花果树。

跌倒

四月的阳光不温不火、透明湿润。我喜爱四月的阳光，但今天却无心欣赏。

钢琴比赛失利，我在这条艺术路上不断跌倒。

经过凯旋广场，我看到滑板教练正在教孩子们学滑板。我喜欢看人滑滑板，因为它充满了力、美与速度。

教练继续着他的开场白："滑滑板最重要的是先学会跌倒，如果我们懂得跌倒而不受伤，就不会害怕跌倒。学习滑板很快乐，滑滑板和骑自行车一样，一定会跌倒，并且跌倒也会使滑滑板更精彩，不是吗？"

教练开始示范，告诉孩子们跌倒时如何稳定，撞到东西时如何闪避，失去平衡时如何保护重要部位……

看着教练在那里不断跌倒，我忍不住想：跌倒的学问真大呀！

学员们开始练习跌倒，日光映射在他们的头盔、护腕、护膝上，发出闪耀的金色光芒，他们像外星来的兵团在练习作战。

教练不断地指挥，孩子们反复练习，看起来非常有趣，学跌倒学得差不多了，教练问："还有怕跌倒的吗？举手。"

没有人举手。

"现在，可以自由散开，去练习滑滑板了。"教练宣布。

一群人向空旷的广场滑去，像星辰般散开。

我坐在长椅上，看着那柔软、温和的四月阳光，深有感触。

人生和滑滑板一样，一定会跌倒，不跌倒就不叫人生；但，它也因跌倒而精彩着。

我的确遇到了挫折和打击，可我身边站着爱我的亲人，为我呐喊的同学，为我指点迷津的老师，此时的我，难道不是那广场上戴着头盔、护腕、护膝的战士吗？

我们总是告诉自己："往前冲，什么都不用怕。"其实，我们应该做好保护措施，预先演习跌倒。

我怎么可以消沉，应该欢笑着跳起来继续拼搏才对啊。

生活里的跌倒与失败，几乎是必然的，跌倒的价值是使人坚强，一个人如果学会跌倒，就等于学会人生的一大半了。

站在生活的滑板上，我也跌倒过数回，但我仍会坚持滑滑板，因为我已学会了从容。

不怕跌倒，生活因跌倒而精彩。

痛·爱

燕子来时,柔风带雨,描红画绿,于是风牵着苹果的一树香,绕在我的鼻间。清香被雪亮的刀斩断,成百上千把刀,如光影般,在每一截枝丫间辗转停留,刀尖闪动的瞬间,似梦、似幻,如无数舞者,舞出生命芳华。

他们精细地、虔诚地砍着,爱怜的目光,好像在对着顽皮的孩子。木屑渐渐洒落,如轻轻滑落的泪水,枝干终于经不住痛苦,摆脱了束缚,在空中划过一条美丽的弧度后落下。

村子里的苹果园里,处处都是这样的情景。

这些年收成不好,但他们这样砍,是要让苹果树死掉吗?我心中疑惑,隐隐约约地感到他们这些行为的背后,一定有隐情。

"爷爷,为什么要砍树呢?"我问一个挥着刀的老伯。

"不砍怎么能行呢?"他对我笑笑,"都是些没了用的枝条,要它们干啥?"

"怎么没用呢,这枝叶都还好好的呢。"我急急地问。

他正色道:"它们是长得好好的,可一树的营养全都给它们了,苹果还怎么生长啊?果子还有什么养分可以吸收?你还吃啥苹果啊?"

听了他这一番话,我愣在那里,哑然。

怎么不是这个理呢?树如此,生命亦如此。

生命刚开始时,有些人往往过分地吸收养分,长出一树狂傲的枝条,而本该结果时,只能展现出浮华,生命的最后,往往是枯枝败叶,无所成就;还有一些人,在生命初期往往被刀锋所伤,痛苦不堪,被剪断了浮华,然而内心等待着,等待着,等到那一刻,绽开、释放,终于芬芳飞扬,开花结果,充实而有意义。

伤之痛,刀之爱,伤短爱长。

然而两者之差异,在于生命无法沉浸在等待中,只能承受挫折,积蓄养分,自己给自己一把刀,时刻警醒着。

铭记"刀爱",用生活的磨砺,迎接累累硕果。

烟花雨

夜已深,我和母亲还在回家的路上,忽而就有雨滴飘落,豆粒般大,持续了一会儿,又变成剪不断的雨丝。开了车窗,风和着雨丝扑面而来,伴着泥土的清香缕缕,在眸光触及的每一个角落飘荡着……

耳边不只是风声,还有母亲的话:"你还记得吗?可能忘了吧,那时候,你还那样小,就在老家乡下啊,也是这样一个雨夜呢。"

原来,那梦中的记忆竟然是真的。

怎么会忘了呢?梦里总是见到一场蒙蒙夜雨,絮絮地下个不停。梦中有母亲,也有我,月被云雨遮住了一大半,映着又浓又密的树影。可终究以为是梦,不想竟是真的,不知是在什么样的地方。

"你定是忘了吧,怎么会不忘呢?你那时还要我牵着手走呢。"

朦朦胧胧的画面在眼前浮现,哦,是一夜的烟花雨啊。在乡间小路上,年轻的妇人牵着正学走路的孩童,把整个伞都给了孩童。

那个晚上啊,在孩童还在蹒跚学步时,夜风清凉,吹起了雨丝,吹来了一夜烟花雨,雨抚过妇人清秀的脸庞,如诗般,一束束的,剪也剪不断。妇人清凉柔软的手掌中,是孩童稚嫩的小手,眯着笑眼,看看她,又看看雨,眸中闪着灵动与光芒,映着绵绵雨丝……

原来,就是那样一场烟花雨,几番梦回,在我心中植下理不清的梦。

悄然把这烟花雨织成一幅油画,留在梦中封存,它给我一种恍惚的乡愁。因此,在我的记忆中,总是出现一场温馨似烟花般的雨:那一条小路上,有碎石,还有被雨水洗得枝展叶舒的树丛,一丝一丝的雨线,似乎在牵绊我的脚步。

母亲啊,幸福应该就是这模样吧? 在每一时刻都会有一个伏笔,经年之后才能得到答案;要在不经意的回顾里才会恍惚想起,这种种美丽的瞬间,美好的牵绊。

到家了,我们打开车门,我转眸,母亲正艰难地搬着大包小包的东西,她明亮的眼睛,在烟花雨中闪烁着。

烟花雨依旧灿烂。

生命中有多少惊喜啊! 终于明白,我其实不必苦苦追寻那个几乎忘记、只存在于过往里的梦。向前看去,还有很多美好的期许,还有无数等你发现的美丽风景,生命中还应该有更多美丽动人的瞬间,如梦的画面……

努力追寻固然可以让我忆起那梦中温婉如光影般的清丽,不过,如果执着于等待回首,终会令我错过今日的绚丽,错过今日草与花的芬芳。

乐趣

家乡到处都有洋槐树，随处可见成片的洋槐花，洁白的花朵绣满高枝，花香沁人心脾。

与父母要回老家了，这个午后，念及家乡的槐树，心中有了些许牵绊，便拉着父母来到一个做槐花糕的小店。

店很小，扑面而来的是槐花的清香。在半掩的帘内，看见了一位身穿白袍的年轻姑娘，她戴着白色高帽，神情认真，额间冒出一层细密的汗水，手在案板上灵巧地按压、揉捏、塑形，动作流畅自如，不一会儿，十几块糕点雏形诞生，她仔细地一一摆在准备好的蒸锅中，氤氲中，她行云流水般的动作，不由得让我看痴了。

不经意间，她抬起头，似乎注意到了我们，在那狭小的空间里，她疾步走了过来。

槐花的香气似乎正向我袭来，春天暖阳中的微风里，蕴含着这迷人的气息。"对不起，刚才实在太忙，没看见，想要点什么？"她扬起孩童般的笑脸，小巧漂亮的脸显得明媚率真。

她让我尝尝店里的槐花糕。一口咬下去，满是松软甜糯，鼻腔里都溢满了花的芬芳,奶白色的点心晶莹透亮,饱含着她的匠心。

她读完大学后开始经营这家小店,没有雇用任何员工,只身一人,但她感到快乐:"小时候跟着祖母学做槐花糕,一直都很怀念,大学读完后,就继承了她的店和她的手艺,一个人忙忙碌碌,多有乐趣啊!"

我想,她一定爱着每一位顾客的笑脸,一定爱着沁人心脾的槐香,一定爱着蒸笼上的烟雾缭绕,一定爱着晶莹的槐花糕出炉的那一瞬间。

小小槐花糕,人生大乐趣。

雾霾

一

夏来了,园中的绿叶似要把一季的绿释放开来,延伸到极致;秋来了,雨滴伴随着金黄的落叶落下来,浸染心扉;冬来了,白雪皑皑中,总有许多鲜艳的颜色,点缀着整个世界。

工业废气、汽车尾气……然后,霾也来了,不似欢乐的季节来得那么轻快,它沉重地走来,不给人们喘息的机会,灰蒙蒙的一片,把人的心情笼罩了起来。

雾霾来临时,没有多少人欢笑玩闹,行人匆匆地走着,看不清人们脸上生动的表情;我们武装着,戴上口罩把鼻子嘴巴藏起来,生怕别人看见自己似的;没有年轻人出来跑步,没有大妈出来跳广场舞,城市寂静,少了许多鲜活的色彩。

因雾霾红色预警,郑州市的中小学、幼儿园全部停课。接连不断地放假,同学们怅然若失,没有了以往课堂的读书声,闷在家中,总有些不适应。霾来临时,我们学会了珍惜,珍惜与同学、老师相处的时光。

还有一些东西是不变的。看见户外被雾霾污染的天空,心情沉重地回到家中。母亲端来一碗鱼汤,这是她最拿手的。我喝了一口,不禁感叹,即使蓝天不复存在,但母亲的手艺没变,母亲对我的爱也没有变。雾霾来临后,我依旧收获着温暖。

我渴望重见蓝天白云绿树,渴望课堂上的欢声笑语。灰色的雾霾值得我们深思:我们是否在不经意间伤害了大自然?我们是否也应为环保尽一份力?爱护我们生存的家园,每人都有责任。

雾霾来临,即使城市多了些许阴郁,少了份色彩,我仍学会了珍惜,学会了保护这个家。即使环境变了,但你我不变,爱依旧永恒。

二

昨夜,刮了一整夜的东风。虽然大家不喜欢刮风,可它给我们带来了一个意想不到的惊喜:连续多日的雾霾终于不见了!

今天早晨,阳光明媚,空气里洋溢着欢乐。阳光就像照进了我们的心灵,让人们感到心里无比轻松。我呼吸着新鲜的空气,享受着这份大礼:雾霾被赶走了,空气能见度高了,人们的视野更开阔,可以放心地在户外运动,不用担心空气中的微小颗粒对我们的身体造成伤害。

爸爸说:"雾霾形成的原因有很多,汽车排放越来越多的尾气,造成空气污染;农村使用化肥会释放有害物质,会污染空气;

工业也会排放废气。"

妈妈说:"郑州雾霾主要是燃煤造成的,工业用煤排放二氧化硫引起大气污染,进而引发雾霾。"

听了爸爸妈妈的解释,我终于明白了雾霾形成的原因。

为了保护人类赖以生存的环境,为了我们的身体健康,政府部门要加强管理,监管工业排放,减少汽车尾气排放……

减少雾霾,保护城市环境,要从自身做起,从点滴做起:多坐公交车、多骑自行车,少开私家车,低碳出行……

暂时的东风,不能让雾霾永久性消失。只有保护好生态环境,才能让雾霾永远走开!

邻家女孩的愿望

用你的笑颜编织这一季的梦。

——题记

阳光如碎金般洒入指间,温暖美好……但这和谐的画面被母亲刺耳的声音打破。

"你怎么还在玩?你看看咱们楼下的小姑娘,人家比你小,却比你懂事、用功多了……"

我不情愿地拿起书学习,心中对母亲所说的女孩无半点好感,断断续续地听母亲絮叨地说着什么。

不几日,我便见到了那所谓懂事用功的女孩。在小区里,她和她的父亲正要出去,微风拂过,我闻到了花的馨香,看见了在暖阳下的她。

远远望去,她是个漂亮可爱的女孩子,柔顺的短发梳在耳后,身体消瘦……

女孩子双眸含笑,露出两颗小虎牙。当然,你要忽略她苍白的面色。

我并没有对她产生更多的好感。直到有一天早上，母亲正要出门，我问母亲要去哪儿，这才得知真相。

那个年纪尚小的女孩，竟患上了白血病！而这样一个邻家女孩子，竟要举行她人生中的婚礼，与她结婚的是比她大 20 多岁的她的主治医生。

虽然与她只有一面之缘，但我仍然为她感慨。

母亲劝我去参加邻家女孩的婚礼，但最终我并没有去。不过我能想象得到，在那间狭小的病房中，在那短暂的十多分钟，举行着一场意义非凡的婚礼的画面。那个邻家女孩，一定穿着世界上最美的婚纱，如花的脸上，一定漾着世界上最幸福的笑。

母亲把一张照片拿给我看，我看见邻家女孩稚嫩的字迹：

我有两个愿望：一是在我死后，把能用的器官捐赠给需要的人；二是希望能穿上美丽的婚纱，当一次漂亮的新娘。

我看着那一个个歪歪扭扭的字，眼睛湿润了，尽管我不知道她的名字，她也不知道我是谁，从来不认识我……

在那个蔷薇初开、夏风初来的日子里，邻家女孩完成了她人生中最大的愿望。而我与母亲也关注着关于她的一切动态，从各种渠道搜集关于她的消息——

"小姑娘最近有好转了。"

"她现在心情好多了……"

就这样，好的消息不断传出。蔷薇花落的时候，却传来了一个令人悲痛的消息：邻家女孩走了，安静地、满足地去了另外一个世界。

一季的梦，一季的新娘，她能得到的大概只有这么多了吧。

站在初秋的窗前，柔风拂面，蔷薇余香袭人。听，窗外风拂过秋叶的声音，孩童打闹的声音，邻家女孩如花的笑颜是否在另一个世界绽放呢？我未去成的婚礼中的新娘长什么样子？女孩的婚纱是否如她所愿？她的母亲该多么悲痛？她的脸色如今多了一些红润了吗？那个美丽的梦，终是碎了……

我默默地站着，想着，眼睛不知何时有些湿润。

不可打破的生态平衡

　　正值春节,我观看了电影《狼图腾》,被惊心动魄的场面震撼了,于是再次翻开泛黄的《狼图腾》一书,重温那激动人心的文字。

　　《狼图腾》是一部以狼为叙述主体的小说,作者是姜戎。他把游牧民族和农耕文化、民族差异以及自己的人生哲学融合写进了《狼图腾》中。跟随着作者对亲身经历的叙述,读者们走进了狼的世界,感受原始草原上人与狼的故事。

　　20世纪六七十年代,北京知青陈阵和杨克响应国家上山下乡的号召,从北京来到了内蒙古额仑大草原插队。在大草原上,他们结识了蒙古族人,也对草原上最令人敬畏的动物——狼产生了兴趣。陈阵在掏狼窝时碰巧掏到了一窝小狼,出于对蒙古狼的好奇,他不顾草原游民的劝阻,执意养育小狼。狼这种动物本就是高傲的,它们不会甘于做人的宠物,不甘于让人一口口喂养。真正适合它们的,是在草原上奔跑、驰骋,用自己独有的胆识、聪慧,在草原上闯出一片天地。所以,最终小狼的不屈,导致了它的死亡。陈阵也回到了城里。

很多人说，《狼图腾》这本书写的是对蒙古草原狼的新认知，让我们看到了狼的另一面，包括它们的聪明勇敢；书中的狼像是中国图腾，代表着中国精神。

一群外来人贪婪地掠夺了狼群储存过冬的黄羊，打破了狼群和牧民之间的生态平衡。而当地人更是发起了一场灭狼运动，让狼群和人类之间的关系陷入到了剑拔弩张的地步。

驱逐、捕杀狼群，大面积开垦草原等，使得许多人都成为受害者，这是因为打破了生态平衡！人们失去的不仅是狼群和草原，还失去了人与自然和谐相处的环境。

对我来说，《狼图腾》给我的最大启示，莫过于"生态平衡不可打破"了。打破生态平衡，就会遭到大自然的报复。

当生命让我失去翅膀

当你不能挑战你希望得到的东西,你要适应你自己拥有的东西。

——题记

我是一只鹰,一只能飞往天际的鹰。小时候,母亲就严格地训练我,我受过苦与痛,经历过绝望,母亲相信,我能飞得比她高,我能成为最好的鹰。我也相信,我能散发光芒,做到最棒。

果不其然,我当了鸟王,他们都很尊敬我,崇拜我。我飞得最高,也很自豪,但是,命运却跟我开了一个玩笑:我的一只翅膀被豹子咬断了。疼……我失去了翅膀,我,不能再飞了。鸟儿渐渐对我失去信心,他们看我不能飞翔,开始嘲笑我、奚落我。在他们看来,我是鸟中的废物。

我久久不愿从万丈光芒中醒来,慢慢失去了生活的信心。我再也不能在空中翱翔了。我变成了一个失败者,生活都不能自理,充满了绝望,不能接受在陆地上的生活,仰望天空却无能为力。

母亲看见了,劝我:"即使命运让你失去翅膀,你也要学会适应,相信自己,你还可以做一个强者。记住,鹰王,是要适应各种环境的。"

我还可以做一个强者,我这样对自己说。

母亲陪伴着我,她说我能重新飞起来。我一次又一次尝试,一次又一次失败,一次又一次重拾希望。

母亲鼓励我,我一次又一次接近天空,虽然几度放弃,但终于,我成功地飞向高远的天空。

我又能触摸蓝天了,虽然只有一只翅膀,我却在鹰群中飞得最高、最远。经历了疼痛,适应了失去翅膀的生活,我重新成为鹰王,受到尊敬,小鹰由衷地敬仰我;我又成为强者,而且变得比任何时候都强大。

是啊,当命运让你失去翅膀,一定要有重新飞翔的勇气。适应新的环境,你同样能活得更好。

寒冬里的蜡梅

我是一株蜡梅,和百花一起生活在公园里。春日将近,一想到我也能如其他的花儿一样开在明媚的春日里,我的心中就不可遏制地兴奋,盼望着春天赶快到来。

当嫩黄的迎春花终于开放,春日的第一缕阳光洒下的时候,桃花开了,梨花开了,阵阵清香萦绕在我的身旁……我期待着,期待着我绽放花蕾的那一天。

可是,并没有。它们的香气越来越浓郁,而我还是一身寂寥;她们欢声笑语,但我笑不出来。我努力去开放,可始终没有开花。

我失望,哭泣……这时,一直和我一起的梅姐姐爱怜地抚摸着我:"没关系,我们在春天开不了花,但我们有抗寒的优势,充分发挥自己的优势才是成功的关键,我们的花儿开在寒冬里。"她的一番话令我动容。

充分发挥自己的优势,才是成功的关键。我反复品味着这句话,心中的忧郁渐渐散去。

是啊,抵御寒冷才是我的优势。于是,我等待着,等待寒冬的到来,等待那个属于自己的季节。

哦,今年的第一场雪来了,在那个雪花纷飞的日子,我把我积蓄一年的能量释放出来了:枝丫上满是晶莹的雪花,与我幽冷暗红的花儿互相映衬着,格外美丽。这时,没有了百花争艳,独有我绚烂地绽放。

我无法在春日绽放美丽,但我可以在寒冬展现独特的风采……我的花儿开在寒冬里。

成功要靠自己的努力

　　小马大学毕业后，准备在城里开一家洗车店，他自己虽没什么经验，但却信心满满。他先去别的洗车店工作了一个月，然后借钱租了一个地段不错的店面，购买工具后就开张了。

　　现实总是没有那么美好，小马的洗车技术不精湛，再加上洗车店人手不足，所以顾客少之又少。一年过去了，洗车店赔了六七万元。

　　无奈之下，小马焦急地跑去询问他的大学老师。老师听了小马的讲述，笑了笑，拍了拍小马的肩，说："你再去个好点的洗车行，认真学习洗车，看看有什么新的发现。"

　　小马不知道老师的用意，只得去了一家口碑不错、顾客盈门的洗车店看一看。他发现，这家洗车店的员工工作起来非常认真，在给客户洗车时连车缝也不放过，车轮不仅冲刷两三遍，还要用擦车布仔细擦干，然后再用水枪冲洗，而且车的底部也用水冲洗得干干净净。

　　员工看见地下有一摊污水，立即拿了一张毯子铺在车下，防止洗车时车内变脏。整个洗车过程有条不紊，一气呵成。小马禁不住连连称赞，心想，如果自己也有这样认真、专业的员工，那不就能成功了吗？

小马知道，这种口碑特别好的店里的店员是不会跟他干的，他准备找一个其他店的优秀员工。一想到这儿，小马就欣喜不已，赶紧打电话把这一好消息告诉老师。老师说："那你试一试吧，过段时间再来找我。"

找优秀员工谈何容易，小马四处碰壁，因为他的店是新开的，甚至一些小店的员工也不愿意跟着他干。他只能又去找老师，非常沮丧地告诉老师他的经历。老师看着他的眼睛专注地说："你还是再自己试一试吧，不要靠别人，靠自己的力量，看能不能成功。"

小马认真品味着老师的话，觉得自己必须更加努力，才可能会成功。他重新来到这家洗车店，认真学习洗车技术。终于他越来越熟练，经过一年多的时间，他找了两个打下手的学员，并重新将洗车店开张。由于技术精湛、细心负责，洗车店的回头客越来越多，生意越来越好。

一年后，小马找到了老师，对他表示感谢，并且，他想知道：为什么老师当初不让他去找个一般店员来为自己做事，而是一定要自己先学习洗车。

老师笑着说："成功要靠自己的努力，不能总想着依靠别人，那些洗车店的老员工，能有娴熟的洗车技术，都是从基层做起，脚踏实地干出来的。靠自己努力，结果一定不会差。"

确实如此，成功需要靠自己的努力！

荡漾在春的日子里

坐在窗前,感受花与草的芬芳,剪剪轻风里,擦肩的人流里裹挟着春的气息……

抬头望向阳台,在那里,母亲身着米色长袖,专注地修剪着一株吊兰,她眉目柔和,以怜爱的目光注视着那盆花,拿着剪刀的小手留恋在花叶间。她虔诚地剪着,就像在雕刻一件精美的工艺品,嘴角挂着淡淡的笑,发丝不时被微风拂动。

转眼看见坐在沙发上读书的父亲,淡蓝色的衬衫,白色的沙发,他右手拿着一本书,左手摸着下巴,眉头紧锁,修长的手指不停地敲击。蓦地,他的面庞终于舒展开来,白净的脸上漾出笑意。

我静静地看着这幅美好的画卷,不知不觉间嘴角上扬。抬头远望,明媚的阳光直射眼帘,还有那样纯净惬意的蓝,侧耳,听风,听风在耳边低语,任思绪翻飞……

可能那温婉的风太柔太柔了吧,我竟倚在窗边睡着了。在梦中,也是这样一个春的日子里,阳光依旧和煦,清风还是那么温情,在那样一个午后,我与父母也和谐地融入这个画面……

睁开蒙眬睡眼,空气中有浮着的微粒子,在阳光下越发清晰,我还是笑着,父母依然安静快乐。

珍惜吧,珍惜这温暖的阳光,珍惜这沁人心脾的芬芳,珍惜这安适的柔风,珍惜这温馨的画面,珍惜与父母相处的每分每秒……

这荡漾在春的日子里……

感动

　　夜送来阵阵秋的凉意，疏疏朗朗的月影，被风抚得纷纷乱舞，散落在烟雨蒙蒙的水面上。伴着丝丝凉爽，我与她的手握紧，汲取源源不断的温暖。

　　记得那个夜晚，夕阳的余晖洒落在她的脸上，归雁从天际回巢栖宿，我看见她那双闪耀着光芒的眸子，心中一片宁静。

　　这是我单独出行前的晚上，她推着车，与我相伴前行。她并没有催促，只是仔细叮嘱："走之前要检查一遍行李，带上护照、身份证，还要带上防晒衣；到了美国要注意安全，特别是繁华的纽约，一定要遵守交通规则，安全第一，晚上好好休息……"

　　我望了望她，看到她头上有隐隐的白发，心中是无尽的暖意。我握住她的手，深深的情意浸透了我的心。我点点头，说了一声："放心吧。"她继续絮絮叨叨地说着。小路上似乎只有我们两个人，灯光铺满小路，我心中充满浓浓的感动与满足。

　　几年前的那个夜晚，一片寂静之中，我回到了家。考试后想好好放松一下，和同学出去玩竟忘了时间，所以就回家晚了。打开门，房中是漆黑的，但我看见了满桌的饭菜，都是我爱吃的，每一个盘子似乎都盛着她的温暖，我心中生出丝丝愧疚，暖暖的，感动又一次涌来。

进入屋里，我被一个声音叫住，转头，她发丝凌乱地站着，眼中尽是疲倦和困意。她不再说话，只是站着，站着……是的，她在等我。过了一会儿，她睡意蒙眬地说："吃过饭了吧，我再给你热一下吧？""没关系，不用。"我眼里的泪水马上就出来了。

黑夜中，她并未察觉。我催促道："快睡吧"。推着她回到卧室。"好。"她满脸笑意，我看看她，漆黑中，只有她的眸子最亮，那对我来说，是温暖的源泉……

曾经，她的伞总是偏向我这边，她的左肩总是湿透；曾经，她总爱把暖水袋递给我，笑着说她一点也不冷；曾经，她总把最好吃的菜夹给我，推说她不喜欢吃……

妈妈有白发了，精致的脸上出现了细纹……我握住妈妈的手，几分感动涌上心头……

在岁月的堤岸慢慢走

栀子花下,你编织了我的笑颜,我将梦托付与你。

——题记

漫步于岁月的堤岸,撷一枝可爱的栀子花,抚摸着柔和、纤嫩的花瓣,多了几分悠然与惬意。

在岁月的堤岸慢慢走,那栀子花,是记忆中美好绚烂的童年。

月轮晕染的紫红夜幕下,栀子花摇曳在细风里,那时的我,与母亲坐在小院里。母亲哼着歌儿,绽放着如栀子花般的笑容,我静静地看着母亲。洁白的栀子花被夜光映得发蓝,母亲轻摇小扇,和着仲夏夜凉爽的微风,唱着童谣:"栀子花啊,粉白动人……"我咯咯地笑了,栀子花落了满地,纯净了整个月夜,花儿的清香溢满心田,让我的整个心柔软了。

享受着浪漫的月光,漫步于岁月的堤岸。

云朵悠闲地飘荡着,那栀子花,是记忆中离别的思念。纷飞的花朵,簌簌洒落,车近在咫尺,母亲死死抓住我的手,好像要握到天荒地老,她絮絮叨叨,叮嘱的话停不下来。我不说话,任栀子花的清香飘在我的鼻间,忍不住酸了鼻头。

上车了,母亲在栀子花的花影中不停地摆手,我与她还是心连着心。车子开了,她紧跟了几步,一句句叮咛,在风中飘散……不知不觉视线蒙眬,栀子花树慢慢远去。

我说,如果母亲是娇艳明媚的栀子花,我甘愿做那枝叶陪衬。母亲只是淡淡一笑,不置可否。

那栀子花是蒙娜丽莎的微笑吗？是阿波罗周身散发的光芒吗？是浩瀚宇宙的星辰吗？

一切言语都无以表达,尤其是那些在岁月的堤岸慢慢走的时光。

那一次出发

坐在窗边,斟上一杯茶。夕阳的余晖中,窗外有几只斑斓的蝴蝶,翩翩飞舞着。

在那个迎春花绽放的季节里,我忧郁地走在公园中,因为我的努力化为泡影——比赛失利了。

好像天空不再辽阔蔚蓝,草木不再翠意盎然,鲜花不再娇艳美丽,云朵不再恣意游动……眼前是朦朦胧胧的一片,灰暗可憎,暗淡了我的整个视线。

花旁有许多蝴蝶,它们似在嘲笑我,居高临下地跳跃着,对我指指点点。蝴蝶本来那样美,如今却好像面目丑陋狰狞。于是我一把捂住一只,企图把它捂死。

我感受到那只蝴蝶在我手中不断撞击着,它在挣扎,拼命地想要摆脱禁锢。它好像知道自己时日不多了,但并未放弃希望。

我心软了,松开了手。

那一只蝴蝶,扇动着翅膀飞了出来,瞬间点亮了我的整个世界。它又展开了五彩的翅膀,又一次翩飞,生机重现,它突破了灰与黑,突破了令人厌恶的枷锁,生命的碎片一块又一块还原。

这是多么令人震撼的生灵啊!

周围是属于这个季节的芬芳,迎春花肆意地开放,那是美丽多姿的生命啊!顽强的生命是不可遏制的。

在蝴蝶的奋斗中学会奋斗,在生命的坚强中收获坚强。我不能因失败气馁,我要继续努力,重新出发!

茶已经凉了,好像昨日重现一般。那一次出发,让我难忘;那一次出发,在我的记忆中翩翩起舞。

叛逆青春

一

细碎的阳光投射在菩提树上,叶儿投下绿玉般的光影。

心中是满满的怨气。本要去参加同学的生日会,却被母亲厉声制止了,我一气之下跑出家门。

清新的味道氤氲在绿植丛中,雨丝绵绵地亲吻着风儿。已是晚上了,雨线还在不断飘洒着,石街接受了雨的洗礼。

到了夜阑人静的时刻,我终究还是归了家。楼栋内静悄悄的,我蹑手蹑脚地进了家门,看到了橘色的微光。母亲从沙发上站起,眉间是化不开的愁绪,还有不安:"你去哪里了? 我刚热好饭了。"我低下头,掩去了眸中的泪光:"妈……""怎么了?"她温柔地将顺了我的发丝。"没事。"我咀嚼着佳肴,心中满是感恩。

在青春的叛逆中,我感知到了母亲对我的爱。

二

夏日到了,空气中满是阳光的气息。

刚上完课的我,急匆匆地跑进车里。父亲把食物拿给我,青春期的我,没来由的叛逆,才吃了几口,我就变得急躁:"这一点也不好吃。"父亲时不时地回头看我,小心翼翼地说:"我今天没来得及买你爱吃的,要不去旁边再买点?"我横眉冷对:"那儿的饭更不好吃。"我冷硬地向他说再见,走向学校,委屈的泪水溢出眼眶。

突然,我看见镜子中那个站在角落里的父亲,正望着我的背影。我慌乱地低下头,不知道怎么的,有些愧疚和心酸。

叛逆中,我感知到父亲的包容和如山的爱。

青春期有许多叛逆行为,也有许多感动;生命中有许多烦恼,也有许多幸福。一个人成长的秘诀,便是抓住感动与爱,充盈自己;转化叛逆与烦恼,使之慢慢减少,渐渐消失。

时时有爱,有感恩,生命便无限美好。时时有阳光,处处菩提在。

幸福的悸动

父兮生我,母兮鞠我。抚我畜我,长我育我,顾我复我,出入腹我。欲报之德,昊天罔极。

——《诗经》

独行于小径,一路上芬芳诱人,灿烂的阳光,呵护着青春幸福的悸动。

晚上睡不着觉,起床,打开房门,一束光映入我的眼帘,我的正前方,母亲背对着我,灯光斜斜洒下,衬得她的近视眼镜亮了几分。往前又走几步,她额头上的皱纹依稀还能看得清楚,这张光与暗的剪影,定格在我的记忆中,再也无法散去。

我看见她拿着我的课本抄着字词,一丝不苟。灯光折射出光芒,竟刺得我的眼睛痛,我赶忙低下了头。母亲发现了我,慌张地站起了身,小心翼翼地看着我:"是我吵醒你了吧? 怎么睡不着了呢?"昏暗中,柔和的声音抚过我的心。

母亲温暖的关心,带来了幸福的悸动。

学习时，总有些疲倦与急躁，不安地坐在木椅上扭来扭去。敲门声传来，房门打开，父亲蹑手蹑脚地走过来，轻轻地说，"累不累？"说着拿出一个小垫子，"知道你肯定坐着不舒服，这样垫着好受些。"他像幼儿一样憨笑着，宽大的手掌抚了抚我的背，感觉暖暖的。

父亲细致的关怀，带来了幸福的悸动。

拿着母亲的旧手机，闲来无事翻看以前的老照片，竟看到那么多我没有见过的照片，有些只是模糊的影子，蓦地被回忆击中，眼里忽然有了薄薄的水雾。

我只知他们在出游时尽情地玩耍，却不知他们总是尽量记录下更多美好的回忆；我只知他们有时会拿着手机说笑，感觉自己被忽略了，却不知他们是在回忆那时的喜悦；我只知自己总是在被他们呼唤时不耐烦，却不知他们这样珍藏在我看来有些瑕疵的照片。

父母的珍视，让我幸福地绽放。

父母的爱，是青春里幸福的悸动。

爱是宽容

夏日,蔷薇怒放,蝴蝶欢舞,微风拂过,带来阵阵芳香。置身于这样一幅绚丽的油画中,心中却有些许的怨怼。

坐在长椅上,拿小草逗弄着地上的虫儿。20分钟前,我与父亲吵了一架。

翠绿的枝叶交缠遮盖,在阳光的照耀下,熠熠生辉;地上的斑驳,是阳光的痕迹,蔷薇的芬芳在鼻间。呼吸着夏的气息,我听到孩子咯咯地笑。

抬头望去,幼儿坐在男人的肩上,揪着他的头发,男人微笑着,略弓着身子向前小跑,待他们走远,我摸了摸脸颊,手中竟是一片湿凉。

曾几何时,父亲也这样背着我,不顾孩子的任性与骄纵,眼中尽是宽容。

心蓦然柔软了许多,我仿佛看到那时父亲的背影。

漫步回家,悄悄上楼,蹑手蹑脚地打开门,屋内静静的,争吵的痕迹消失得无影无踪,他们都出门了吗? 都不愿再理我了吗?

我顿时委屈极了。

坐在沙发上，一会儿，父亲回来了："阿潼，我给你买了你最爱吃的。"我望着他，岁月在他英俊的脸上留下了痕迹，微风吹来，吹起了他微白的发丝，他的眼眸中，是大海一样深沉的包容。我低下头，狼吞虎咽地吃了起来。阳光在他的脸上洒下一片碎金，静谧又美好，我悄然地笑了。

爱如月，情如夜，彼不落，此未央。父亲的爱是海，无边无际，总能包容你的一切。

眼　神

黄昏走到了尾端，光明正以一种难以想象的速度撤离。我穿梭在无数病人之间，想快速见到病房中的爷爷。

匆忙赶往病房的路上，我们往往不会留意形形色色的病人和他们痛苦的眼神，也不会关注病房内人们的表情。我们只想着，如何快速穿越人群，到达目的地。

可是就在拐角，在一间幽静的病房内，我看到了一个特别的人，我停下了匆匆的脚步。我看见一个极为苍白瘦弱的妇人，蔫蔫地蜷缩在病号服里，花白的头发稀疏得可怜，像一只被人虐待而恐惧不安的猫，瑟瑟发抖。她的脸怪异地扭曲着，好像一张硬纸被揉皱成一团丢在垃圾桶，捡起再拉平的样子。她颤抖得厉害，好像严冬中被丢在冰河中又捞起的婴儿，抽动着全身。

我的心被揪得生疼，恍然间竟在那儿看了许久。

我看见她想动，想说话，但是每动一下，我的心都跟着紧张。我看到她的眼睛，似刚听过噩耗、有苦说不出的眼神。

我闭起眼，也不能阻止从身上每一处血脉所涌出的泪。

这个世界的苦难，总是不时从我们的四周跑出来。我们越了解苦难，越感到自己的渺小，感到自己的无力。我们心心念念想着，要拯救这个世界，要使人平和、清净，走向光明和幸福，然而，面对那苦痛的眼神时，我们又能做什么呢？世界又能为她做些什么呢？

我看见了，却什么也不能做，面对苦难我无能为力，这就是我落泪的原因。

入夜，我无法平静，好像自己正艰难地求救着，难受得想要起身，我的身子颤抖着，泪在全身的血脉中奔流。

随笔二则

一

安逸的午后，我做了一个梦。梦中闪过无数的画面，可被惊醒后，记忆却模糊了。

脑中似乎还保存着断断续续的片段，其中，有母亲训斥我时的面孔，有敌人在我面前晃动的刀枪……

醒后呆愣在床上，回想梦中，忍不住心悸。我揉着眼睛，双眼酸疼。

耳边响起了父亲的声音："饿不饿，我出去给你买点吃的?""好。"我应着，心中的不安少了几分。

依旧回忆着，等待父亲的归来。不知不觉在床上坐了许久，直到父亲把吃的东西递到我面前："快吃吧。"

我心中泛出了些许暖意。

忘记梦魇，活在当下，感受父母给我的温暖。有爸爸妈妈，有很多我爱的人和爱我的人，多好呀。

二

有许多无心之失，它们并不能归入犯错。

课堂上，突然听到"啪"的一声。

我并没有多注意，这时候老师从身后拍了拍我，问我有没有书，我摇头，老师把书给了我。我转过头时，看见右侧的同学看了我一眼。

心中诧异。他又看了我一眼，这又使我疑惑了。随即，他从我的脚边捡起了一支笔。

我明白了，同时感到很尴尬。没有替他把笔捡起来，我觉得有些不好意思，怕他责怪我。

隐隐约约地，有了些相同的记忆。

也是这样一个课堂，是我把笔掉在了同学的脚下，他没有帮我捡。那时我心中，并没有怨他。

是啊，当时的我也以为那是一个小小的无心之失，并对他宽容。那么这次呢？

我释然了。因为相信那个同学一定也会理解我。

还有什么好在意的呢？生命中有多少无心之失呢？对于这样无心的过失，我们要做的是宽容和理解。

也就是，微笑着面对。

唤醒良知

雨淅淅沥沥地下着,点缀了秋天,一片凋零的梧桐叶在空中飘落,吻向大地。

天际似乎被涂上了一层灰,下着细雨却没有那么"润如酥"。我走入一家简陋的小店,坐下来,陡然传来一个苍老的声音:"小姑娘,要买一束花吗?"我看了看她手中的花,心中不由得泛起一阵厌恶——又是假乞丐,冲着我的钱来了,这一束花,够我吃顿不错的饭了。我冷冷地答道:"我没有钱。"

过了十多分钟,那位老太太仍在徘徊。只见一桌客人走出店门,她看见有客人离开,立即来到残羹剩饭前,狼吞虎咽地吃起来。我开始打量她:六七十岁的样子,黑色的棉袄袖子被洗成了灰蓝色,佝偻的背上仿佛压着难以负荷的包袱,空荡荡的裤管下,一双黑脚套在塑料凉鞋里……我开始为之动容。

走出小店,雨似乎下大了些,黄豆般大小的雨滴,悄悄落在脖颈,顺其自然地滑到后背,一股寒意袭来。雨滴落地的声音像拨动的琴弦,断断续续。

过了一个路口，又看见那个老太太，眼睛红肿着，不知刚才擦过多少次泪水，混浊的眼睛依旧泛着泪光，岁月在她曾经年轻的额头上留下繁多的皱纹，缕缕细发灰白凌乱，手中还拿着几束鲜花。

我突然动了恻隐之心，缓缓地走过去，轻轻道："奶奶，我想买一束花。""好。"她沧桑的脸上开始泛出笑容："五块钱！"她把花递给我，我给了她十元钱，便转身走开了。

"小姑娘，还没找钱呢！"老太太叫住我，我再次扭头看着她："没事，不用找了。"老太太迟疑了一下，说了声："谢谢你。"我静静地凝望着她："是我该谢谢您。"

雨似乎停了，风卷起地上凋零的法国梧桐叶，在空中划过一道爱的弧度，这时身后又传来低低的絮语，我仿佛看到老人嘴巴一开一合，俨然一尊佛，吐着唤醒良知的梵音。

感 恩

清晨的第一缕阳光离我们极远极远，它安静地挂在树梢上。俯身来听，感觉晨曦就是一个纯真的孩子，永远不受世俗的污染，它的纯洁需要一些赞美。

总要怀着感恩的心情，摸一摸夕阳的头发，说一些感激的话。

感恩人世的缺憾，感恩那些错过创造了更动人的瞬间。

最大的感恩是，我们生而为有情的人，不是无情的东西，使我们能凭借情的温暖，走出或冷漠，或混乱，或肮脏，或无知的津渡，找到源源不绝的生命之泉。

听完感恩与赞美，夕阳点点头，躲到群山之背面，只留下羞红的脸颊。

你，就是我的一盏灯

你，是广阔原野上的火光；你，是皑皑白雪上的新绿；你，就是我的一盏灯。

——题记

月轮洒下淡淡光辉的深夜里，我醒了，看见了微弱的灯光，打开门，原来，是你。光影投射在你脸上，留下一片暗影。光与影交融，你的银丝闪着微光，我低头看去，原来你是为了我。

耳边传来你疲惫的话语："打扰到你了吗？"你看着我，心中充满了爱。我转身，突然有种感动，你轻声说："宝贝，快去睡吧。"我回到房间，又看到了你在灯下的身影，暖暖的，一如这温柔的灯光。这画面定格在我的记忆中，难以忘怀。

你，就是我的一盏灯，带给我温暖与幸福。

阳光普照大地，太阳羞红了脸，怒放的金盏花充满了生命的力量。可是，我却无心欣赏，比赛失利，几个月的准备付诸东流……回到家，你却什么也没说，只是给我倒了一杯温热的茶水，你陪在我身边,说:"趁热喝点水。"一句话,我的眼泪就流了下来。你只是轻轻地拍着我,待我发泄完,你说:"为什么只想着这次的失败呢?"声音很轻,却给了我莫大的鼓励,使我平静下来。我依靠着你,你瘦弱的臂弯,好像可以给我一辈子的依靠,让我心安。

你,就是我的一盏灯,在我难过无助时,点亮我前行的道路,给我停泊的港湾。

花香飘散,我和你漫步在小道上。明天就要期末考试了,你推着自行车,与我并肩,说:"今天晚上好好休息,不必紧张。"你又说:"考试不用有压力。"你问:"明天要我送你吗?"温暖的话语,如春风荡漾在我的心田。你对我笑了,如花一般。

你,就是我的一盏灯,给我力量,给我无尽的动力。

母亲,亲爱的母亲,你,是我人生路上的一盏灯,照亮我前行的道路!

改词记

　　这是我第一次把《浪淘沙》改成《西江月》，过程虽然漫长曲折，但收获却是可喜的。

　　我选择把宋代陈亮的《浪淘沙·霞尾卷轻绡》改成《西江月》。改词必须先了解词的意思，于是我把每个字的意思连起来，然后根据字面意思推敲词语。《西江月》分上下阕，结构都是6676，上阕的66是景物描写，76是触景生情，下阕的66是叙眼前事，76是情感大升华。而《浪淘沙》上下阕的结构则是54774，上阕的547是景物描写，74是借景抒情，下阕的547是情感升华。一番比较之后，我对接下来该怎么改有了大致思路：两首词除了每句的字数不同，内容却是一样的。所以可以只改字数，比较好做。作词改词，我最怕的便是斟酌词语。尽管反反复复地试了又试，用的词语还是不够有意境，老是把原本词中就有的词语原封不动地移到自己词里，但是不管怎么样，我迈出了第一步。

　　这让我情不自禁地想起了五年级的生活，丁老师不怎么讲语文课本，她用两个多月时间讲课外读物，用不到一个月的时间学习课本知识,其余时间让我们背书、读书。然而,她对课外读物的讲解让我学到了很多知识,包括对词的理解。

万事开头难。但是如果连第一步都迈不出去,我们还有什么资格继续走下去呢?

家的味道

父亲是一个平凡的上班族，他工作繁忙，平日里应酬特别多，每次晚上应酬回来后身上那股令人厌烦的酒气，使我对他更加疏离。

咚咚咚……父亲回来了，母亲为他开门，一身酒气的他使我心情烦闷："你又去喝酒了，妈妈不是说让你少应酬、少喝酒吗？"我质问的语气并没有使他清醒，他满是醉意："我没有啊，爸爸应酬去了，不得已才……"我不管他说什么，带着怒气，径直朝自己的房间走去。

昨天，父亲也去喝酒应酬了，回家后，他向母亲保证，以后减少出去应酬的次数，不再醉酒回家。可今天，为什么？我生气地把脸埋在抱枕中，心中自问："这还是我的家吗？"不久我沉睡过去。

第二天，我起床后，看见了餐桌上的饭菜，这是最熟悉的味道，是父亲做的。我坐下，父亲走了过来，把粥推到我面前："孩子，快喝，一会儿凉了。"我把脸扭过去，还在赌气。父亲又关切地问:"怎么了,不舒服吗?"我轻轻摇头,在他的注视下,吃下早饭。

　　父亲和母亲今天一块儿送我上学,我扭头看见他们不再年轻的面容:微白的头发,脸上的皱纹,脸上依稀可见的斑点,皱了的衣衫……我恍然大悟:他们为这个家付出了太多,为我奔波过多少次? 怕是数不清了吧。我轻轻拉过他们的手:"我爱你们。"

　　蔷薇花香袭来,温暖,是家的味道……

"马航"事件发生后

"爸爸妈妈，马航有什么消息吗？""没呢，都失踪两个星期了，杳无音信。"近日，"马航"失联事件在我家成了最受关注的内容，我每天放学回家，都要问来问去，希望有好消息传来。

事件刚发生时，爸爸惊讶地说："太扑朔迷离了！怎么好好的就没有了任何信号？""它失踪得非常神秘，弄得人心惶惶。"妈妈附和道。"我觉得也许和机长有关，他可能有自杀倾向吧。"爸爸说道。"也可能坠海了，飞机失踪的地方正是一片大海。"一家人在心里默默祈祷，祈祷飞机上的乘客平安无事。

周五晚上回了郑东新区，一进门便听见电视新闻正在播放马航的消息。"马航还没找着？"我不禁问。姥姥忧心忡忡地叹了口气："没有。"我上了楼，上网查查，看到了网友们的各种评论：

"希望239人平安无事……"

"祈祷马航出现奇迹！祈祷飞机平安！"

大家真正关心的是飞机上的乘客！239名乘客！

距离马航飞机失踪已经两个星期了，仍没有好的消息。各种各样的猜测,仍在网络上持续发酵。

和爸爸妈妈在中午又谈起了这件事。"你对这件事有什么看法?"我问爸爸。爸爸很沉重地说:"已经两周了,希望有奇迹发生,但愿平安。一开始我猜和机长有关,也可能和乘客有关,现在搜救仍在进行,调动了各方的力量,可仍杳无音信,只会让乘客的家人们更焦躁、担心。"

十四天,看起来短暂的两周,对乘客的家人来说简直度日如年,这是他们的亲人啊!换位思考,如果是你,心里又该是什么滋味?是煎熬,是心痛!爸爸说得没错。其实,我们现在最担心的是乘客和他们的家人,比起那一架飞机,那在飞机上的几百条生命更值得我们关注。

祈祷马航平安归来。

美在路上

一

大雪纷飞,雪花像精灵一样在空中不停地飞舞,这是一年之中最冷的时候。

在回家的路上,凛冽的寒风扑面而来,地上满是积雪,远远望去,除了几抹彩色小点点缀着这雪白的卷轴,再无多余的色彩。路很滑,"哎哟……"我滑倒了,跌坐在地上。周围人来来往往,没有一人扶我一把,反而眼神中带着些许嘲弄。我叹了一口气,正准备自己起身,一个声音在我耳边响起:"孩子,你怎么了?"我微微一愣。只见她走到我面前,带着笑意,拉着我的手,把我拉了起来。"谢谢阿姨。"我真诚地对她说。"下次小心点,再见哦。""哦……"我有些呆愣,随即马上说:"阿姨再见!"心中是满满的温暖和感动。

这微不足道的小事,让我深深感受到了"美",不仅仅是看上去很美，而是心灵之美。

当今社会，许多地方上演着相似的一幕：老人被撞倒，有人去扶他，老人却反而诬陷扶他的人；有一位阿姨，在搀扶倒地的老人前竟然先拍一张照片，证明自己清白。为何会让人害怕做好事？是因为有些人的道德水平真的很低，而每一位去搀扶老人的人，每一位帮助别人的人都是美的。

生活中有无数美，可能是一个小动作，也可能是一句话，重要的是你怎样去看待美和发现美。

二

美，是阳光抚平了心灵，涤荡了污垢。所有人都在寻找美，每每失望而归，其实，美就在脚下，就在路上。

山清水秀，嫩绿的小草，火红的枫叶，金黄的花朵，在风中一起摇曳着。和着小风，我倚靠着车门，一路沐浴着阳光，来到了焦作云台山。

山河养气、秀水疗心。可当我看到山路上那水泄不通的人群，还是失望了。男人、女人、小孩，推搡着，你争我抢，有些人还时不时地插队……"谁在湖里乱扔垃圾呀！"一个小姑娘愤愤不平地叫道，很快，她的声音被喧嚣声淹没了。路上随处是秽物，即使有垃圾箱，大多数人也还是随心所欲地乱扔……

走到云台山大瀑布，渐渐有细细的水滴飘洒在脸上，那过道又窄又长，没有围栏，一不小心人就会掉下去。人群则自动分为三路，从山上的近路抄过来的有两队，还有从正道走来的，但往前只有一条通道，只见那人群拥着，都是急不可耐的，没人肯停下来。一位父亲直接抱着三四岁的女儿，递到了妻子手中，终于有人按捺不住大声喊："别挤了，知不知道会出人命的！非要抢几分钟吗？"可大家还是置之不理，拥挤着向前……

好心情一下被破坏了，看完大瀑布，我便直接回家了。

是啊，美，就在那平凡的路上，但人们早已看不见了。大自然纵然是美的，可如果人心明亮起来，何尝不是另一番美丽？

入校第四天

林肯说:"每个人都应该有这样的信心:人所能负的责任,我必能负;人不能负的责任,我亦能负。如此,你才能磨炼自己,求得更高的知识,进入更高的境界。"

——题记

我觉得,一个人的能力与他的责任心有着密切的关系,责任心有多强,能力就有多大,没有责任心,成功永远不会属于你,要想享受权利,就得多承担责任。

今天上午,我们班开始竞选班干部。从小学一年级到六年级,我从来没有竞选过任何职位,倒不是因为能力不够,而是不想走演讲和投票的流程。久而久之,"竞选"一词就基本和我无关了。万事开头难,不跨出第一步,以后会越来越胆小。所以,我本次竞选了生活委员,虽然没有竞选上,但也没有什么遗憾。

下午,我并没有到校。中午父母都出去了,只有自己一个人在家,因为这几天睡得很晚,所以就睡着了,一觉醒来已经两点四十了。我烦躁不已,于是便打电话给妈妈让她给老师请假。

才过了几分钟我便后悔了,要是军训给班级拖后腿了怎么办?万一我动作不标准怎么办?于是,我开始在家里一遍遍练习,又暗自责备自己没有责任心。

因为我知道:责任心是一个人成功的基石。

意志力

今天,我和爸爸妈妈一块讨论了著名作家史铁生。

我问爸爸对史铁生的评价,他想了一下对我说:"他是一个有追求的人吧。"

突如其来的灾难,并没有打垮他,虽然自暴自弃过一段时间,但最后也坚持了下来,他毕业于清华附中,是个有才华的人。生病后便专心写作,写了很多本小说。

史铁生经历了很多挫折和痛苦,在这些人生经历中,他慢慢有所感悟,并将这些感悟写进了自己的散文和小说。并且,他的意志力越来越强。

爸爸说:"潼潼,你要向他学习啊!"

妈妈也兴趣盎然:"我还看过《我与地坛》那篇散文呢,写了一些他的人生感悟,喟叹生命与死亡,回头你可以看看。"

听完他们的看法,我再一次查了史铁生的资料,和他们讲的没什么出入,本来我还不知道《我与地坛》中的地坛在哪儿,现在才知道那是北京一座古朴优雅的皇家坛庙,离史铁生家很近。

史铁生不仅双腿瘫痪，后期还患上了肾病，并发展到尿毒症，靠每周三次透析维持生命。史铁生59岁逝世，他曾说过："职业是生病，业余在写作。"让人心酸不已。

很敬佩他顽强的意志力。

读书偶悟

一

《触摸春天》一文,在散文写作方面给我很大启发。

首先,这篇散文短小精悍,不同于那些长篇大论。它给人呈现的是一种清晰明了、言简意赅的风格,而有些文章却行文啰唆。从这篇散文,我学到了"删繁就简"的写作方法。

其次,此文形散神聚,意境深远。虽然字数不多,但表达的中心思想明确,着重表现作者对生活的感受,情感真挚,也体现了作者对生活的热爱。

最后,运用了借景抒情的手法。对于散文而言,景物描写是很关键的,借写景能抒发自己的情感,更能把中心思想表达得更妙。

此外,文中还有一处是侧面描写,用侧面描写的手法烘托人物形象,使文章更加生动。

我们读散文,不仅要欣赏,还要从散文中"采"出新写法。

二

"谁虚度年华,青春就要褪色,生命就会抛弃他们。"这是《红与黑》这本书给我的启发。

不禁联想起了近期的房祖名和柯震东吸毒事件。不久前,有媒体报道了房祖名、柯震东吸毒被拘留。这是虚度年华的典型例子。正值年轻,事业也会有更好的发展,可他们的行为断送了自己的未来,还辜负了亲人对他们的期望。

还有我小学同班的一位男同学,整日讲究吃穿,无心学习,连老师也对他无可奈何。他留了一个怪异的小辫子,穿着奇装异服,经常在网吧和KTV里游荡。记得六年级期末考试时,他竟然东张西望,四处询问公安局的"局"字怎么写。

一寸光阴一寸金,寸金难买寸光阴。我们何不把握住眼前的一分一秒,用来读一本好书?

少壮不努力,老大徒伤悲!

三

近来,我细细品读了《鸟奴》一书,颇有感触。

《鸟奴》的作者是动物小说大王沈石溪,他擅长用动物世界的生存法则折射人类的生活和情感,他的长篇小说《鸟奴》,曾获得第六届全国优秀儿童文学奖。

该书主要讲述了作者通过观察发现，一对鹩哥为了生存做了天敌蛇雕夫妇的奴隶，为它们清理雕巢、照顾孩子……当幼雕遇险时，稚鹩便用身体护住它们，心甘情愿地牺牲自己，报答它们。鹩哥夫妇为蛇雕的孩子做了太多太多，当它们自己的所有孩子都被无情扼杀时，雌鹩哥发出了撕心裂肺的哀鸣……怕是世界上最悲伤凄凉的声音也不过如此了吧！可怜天下父母心。

的确，天下的父母尽管性格和生活境况不尽相同，但他们视孩子若珍宝的心是相同的。

曾看过《狼王梦》，书中的主人翁紫岚，一生为孩子出谋划策，只为自己的孩子能够当上狼中之王。尽管她的孩子都讨厌她，尽管她的腿跛了，尽管她丢失了自己的情感，但在她凄苦的人生走到尽头时，她依旧为她的大儿子报了仇，为她的孙子清除后患，眼眸寂静闭上的最后一刻，她用她的生命为孩子铺了路，可谓用心良苦。

动物世界如此，人类社会也如此，我们的父母更是如此。

四

读完《影响中学生的 100 部名著》的前 8 页，我便觉得这是一本好书。书中不仅有发人深思的精彩语句，而且对每一部名著进行了介绍，包括作者简介，虽然没读原著，却能扩大知识面。

书中首先介绍的是《傅雷家书》，主要内容是 1954 年至 1966 年傅雷夫妇写给儿子傅聪和儿媳弥拉的 180 多封家信，大部分是写给大儿子傅聪的信件，体现了傅雷对儿子的爱，也不乏对儿子的教育。

傅雷说："世界上最有力的论证莫如实际行动，最有效的教育莫如以身作则；自己做不到的事情千万勿要求别人。"

正如孔子所说："始吾于人也，听其言而信其行；今吾于人也，听其言而观其行。"光说不做是不行的，对别人花言巧语，还不如沉默寡言地用行动证明一切。

子曰："己所不欲，勿施于人。"这是一句流传千古的名句，可真正这样做的又有多少人呢！我们要谨记，自己不做的事情或不要的东西，千万不能强加给别人。

《影响中学生的 100 部名著》中的一些话，令我印象深刻，收获颇多。

五

今天，我读了《影响中学生的 100 部名著》中的《名人传》，其中主要内容是贝多芬、米开朗琪罗、托尔斯泰三位伟大人物的传奇人生，是一部以激情谱写的文字赞歌。

罗曼·罗兰说："我们应当敢于正视痛苦、尊重痛苦！欢乐固然值得赞美，痛苦何尝不值得赞美？"

是啊，痛苦就是苦口良药，它确实是苦的，但苦是什么？是磨炼，是成长。

人们常说的"物极必反"，其实也是这个道理；欢乐多了，之后便只剩痛苦。

试问，幼时一帆风顺的人在青年时遇到了一点挫折会镇静自若吗?

再问一句,青年时对大风大浪司空见惯的人,中年遇到挫折还会惶恐不安吗? 答案不言自明。

只有经历过痛苦的人才会明白欢乐的真谛,明白痛苦的伟大。我们不能轻视痛苦——其实,人生没有了痛苦还算完整吗?

六

通过《影响中学生的 100 部名著》了解到著名作家雨果的作品《悲惨世界》。这部作品主要写了穷苦人民的悲惨命运和处境,其中,给我印象最深刻的是这样一句话:"只有爱,才能消灭世界上一切的不幸! 在不幸的另一面,有许多人为了爱而牺牲。"

这句话不禁让我想起去九寨沟游玩时观看的《九寨千古情》演出,演出模拟了"5·12"大地震中的一个真实场面:地震时,母亲用肉体护住了 5 岁的儿子,最后母亲给儿子唱着儿歌含泪而逝,救援队来到,要把小孩带走,小孩子胡乱地挥着手,边哭边喊着要妈妈,最后只好被救援人员强行带走,那一幕,着实令我的心久久不能平复……

爱,可以拯救一切,它的力量深不可测。

读林语堂

今天下午细细品读了林语堂的散文《论恶性读书》《读书与看书》《论趣》。林语堂先生独特的写作手法，使我受益匪浅。

通读三篇文章后，我发现它们的结构几乎一模一样，我特别注意了三篇文章的开头，都是一则故事或者一句名人名言引出主旨，随后展开下文。

下文是什么呢？下文是林语堂先生对开篇提到的故事或名人名言的联想。联想是层出不穷的，由一件事联想到另一件事，由东方联想到西方，只要与中心思想相符，能突出中心的都可以联想。

比如《论恶性读书》，先由一本小书中的笑话，联想出下文的恶性读书、恶性考试、煮鹤艺术，最后点出文章的中心思想。

联想的真正作用是什么呢？运用多个联想，表达一个中心，更加突出主旨，也起了强调作用。

林语堂对联想手法的应用很灵活，也是因为他有丰富的阅历，见多识广，经历得多了，所以见到一件事就能马上想出相关的事情,这样也使文章变得更有内涵。所以,我们一定要多多积累生活经验,要多读书,读好书。此外,三篇内容都是林语堂对当时教育制度的批判,呼吁我们不要死读书,学习是为自己学的,不能沦为考试的机器。

有趣的实验

一

翻找旧时的照片，我突然看到这样一张：我拿着一枚鸡蛋，正伸手往一个塑料杯子里放。看着照片上的身影，看着自己认真的神态，我不禁想起了那次有趣的实验。

在海水里能看杂志？我不信，迫不及待地回到家，尝试破解其中的奥秘。我拿了两个塑料杯子，一个里面放了盐，一个放的是清水，然后又从冰箱中拿出两枚鸡蛋。实验正式开始。我先拿了一个鸡蛋，把它放入没有盐的水中，我紧盯着塑料杯子，生怕错过任何细节。水面波动了一会儿，当水面静止时，鸡蛋已经沉入杯底，再也不肯向上。随后，我又将另一只鸡蛋放入有盐的水里，奇迹发生了，鸡蛋在沉入水底后，又慢慢地、慢慢地上升，最后浮出了水面。这一实验，证明了我的猜想：盐是可以增加浮力的。

为什么有了盐，一枚原本会沉到水下部的鸡蛋，会浮上水面呢？我兴冲冲地跑进书房，找到电脑，搜索。终于，我揭开了这层神秘的面纱。

水本来就是有浮力的，但浮力不够大，这才导致鸡蛋沉入水底。事实上，盐是没有浮力的，在清水里不停地加盐，水的密度就会逐渐增大，浮力也随着逐渐增大。当浮力达到一定程度时，鸡蛋就会浮起来。死海也是因为盐分多、浮力大，所以，人们可漂浮在水面上看杂志。

这次实验，既让我明白了盐水的奥秘，又让我懂得"纸上得来终觉浅，绝知此事要躬行"的道理，可谓一举两得。

二

通过做"死海实验"，我对科学的探索又加深了一步。这一天，好奇心促使我又有了做实验的冲动，于是，我上网搜索了方法，准备做实验。

"摩擦力实验"映入眼帘，我决定做这个实验。我依照网上的说明，准备了所需材料——一张报纸、一根铅笔。据说，用铅笔摩擦报纸，报纸就会自己贴在墙上。我把报纸铺在墙上，用铅笔在报纸上乱画，直到手酸了，才停下来。我松开了微微颤抖的手，满怀希望看着报纸，可报纸像泄了气的气球飘落下来。第一次摩擦力实验，就这样以失败告终了。

没什么大不了的。我带着不甘，拿起了刚刚飘落的报纸，又拿起了铅笔，开始了第二次尝试。还是按照刚刚的方法，我认真地将报纸铺在墙上，又用铅笔摩擦，但是，报纸再一次飘落下来。

实验又一次失败了。

　　我一次又一次地试,一次又一次地失败,我终于找到了失败的原因。对,我一定是没读懂题。于是我又去看题,读了几遍之后才发现,原来是要用铅笔侧面摩擦的,我却用了铅笔头在报纸上乱画,难怪没有产生摩擦力。重新实验。在我热切的眼神下,终于,报纸贴在了墙壁上,我小心翼翼地掀开报纸一角,听到噼里啪啦的声音,这就是摩擦力呀!我恍然大悟:铅笔的摩擦使报纸产生摩擦力,报纸才会和墙贴在一块。原来,摩擦力那么神奇呀。

　　通过这次实验,我明白了什么是摩擦力。还明白了:只有在失败中吸取教训,我们才能成功。

看细节交朋友

细节决定成败。不仅学习上如此,交朋友也是如此。

第一次上课外班,我的前面坐着一个戴眼镜的女孩。课上到一半,她扭头对我说:"借我根笔吧。"我没出声,用动作表达了一切:很爽快地拿出根铅笔给她,自己又在演草纸上画了几下,确保铅笔没坏。铅笔是刚买的,我还没用过几次。"谢谢!"她满脸笑容地接过了笔。

快要下课时,她把铅笔还给了我,又说了声谢谢。我连检查都没检查,很放心地把笔放在了文具袋里,说了声:"不客气。"我很相信这个女孩,觉得她很有礼貌,并想结识她,和她成为好朋友,决定下次坐在她旁边。

过了几天,当我再次用那支笔时,发现笔坏了,我左思右想,这几天我没有用这支笔,怎么会坏呢?突然,我想到了那一次,经过种种推断,我确定了:是那个女孩弄坏的。心中对她存有的好感破碎了。如果她及时向我承认是她弄坏的,我不仅不会怪她,还会觉得她诚实可靠,增加对她的好感;可是她做错了还不承认,我认为她不能做我的朋友。

第二次上课，我没有提及她把我的笔用坏了，而是默默地与她疏远了。我认为，一支笔帮我认清一个人，也值了。

第一节课，我的旁边也坐着一个女孩，她是个活泼、好动的人。课上我把老师布置的所有课堂作业都提早完成，且全对，她特别羡慕，想借我作业抄，但我又怎么可能借给她抄，不会就不会，认真听老师讲解后明白了不就行了？那么要面子干吗？

她见我不给她看，竟然斜眼偷看，又四处张望，问别人答案，我怒了，不禁多管起闲事来："不会就不会，为什么非要抄呢，抄个答案有什么用。"说着把自己的本子拉了过来，她就求我："你让我看看吧。""不行！"我不可能干这种事。下课休息时，我去了趟卫生间，回来时见她和其他两位同学得意扬扬地去给老师改卷子。回到班里我才发现她的做题步骤和我的一模一样。

期末考试，我亲眼看见这个女孩和把我的笔弄坏的女孩递字条、对答案，窃窃私语。我虽然很看不惯，但也没有去管。她们现在尝到甜头，以后还得吃苦头，我心想。

细节决定成败。交朋友的时候，不能仅从外表看，要从这个人的细微动作看他的内在、根本，这样才能决定这个朋友可不可交。

启发

近期学习了"字词赏析"类阅读题的做题方法和技巧,令我受益匪浅。

这类阅读题有三种类型,第一种是题目给出词汇型,第二种是自己摘取词汇型,最后一种是是否可以换词型。三种题型的答案有一个共同点:词语(含义一般用同义词)生动传神、准确具体地展现出什么(本句中的字面意思)+表达了句中主人公的心理、心情或品质。

要根据题型回答。比如"是否可以换词型",就要先表明态度,态度一般为否定,但有些考题也可以答肯定,只要言之有理即可。比如,2014年南京的中考语文试卷中的阅读题《雪人》,第一题就有两个答案,只要能回答全面,就可得分。

关于第一个题型,我也有些体会:有一道要赏析词语"鲜明"的题,我的回答和正确答案意思相同。当时,我对照着解题步骤一步一步答,发现文中的引申意义有两个,我犹豫了一会儿,才都写上去,现在想来,不管怎样,多一个答案总比没有强,也不会浪费太多答题时间。我感觉答题水平有了进步。

　　技巧不是与生俱来的，是通过一遍一遍地练习领悟出来的。

种石榴的老人

　　我家的小区近期开展了一个活动,可以自己买树苗,种在自家楼栋旁边。"五一"假期,爸爸妈妈准备带我去荥阳买两棵石榴树种在楼下。

　　荥阳是河阴石榴的发源地。周五下午,我们便来到荥阳刘沟石榴基地,找到了当地专门种石榴的果农,他热情地把我们领到家,歇了一会儿,喝些水,便出发去他家的石榴园。

　　一路上,顶着火辣辣的太阳,我不停地用手扇风。果农有问必答,我打量了一下他:穿着灰色衣服,脸上总挂着笑容,皮肤呈健康的小麦色。爸爸妈妈总是叫他大哥,我觉得,他肯定不到五十岁。终于到了石榴园,我们精挑细选,挑好了小树苗。劳动了半天,我口干舌燥,他却面不红、心不跳,不厌其烦。我心中有些惊奇,却顾不得那么多,跑回车里喝水,拿铁锹,开始挖树。

　　爸爸本想挖,却被他阻止。他说:"小石榴树根一般有 25 厘米至 30 厘米。"他干劲十足,才挖几下便触到石榴树的根部,爸爸和他一块将小石榴树挖了出来。看爸爸把树苗搬到另一棵树旁比较轻松,我也试了试,没想到我根本搬不动。

挖第二棵小树苗时,爸爸先挖了一下,一看,连伯伯挖的一半深都没有,还是让伯伯挖吧。伯伯三下五除二便干完了。妈妈问:"您多大年纪了?""六十了!"我震惊了,看起来不像啊。

回来时,伯伯主动提议要搬大的石榴树苗,爸爸搬小的。爸爸对他说:"让他们帮你抬一点吧。"我真不敢相信,这么大的石榴树苗,他自己真的能搬动吗?伯伯一下子举起石榴树苗,好像很轻松,一路和爸爸妈妈谈笑风生。

回家时,在享受空调凉风的同时,我想到了长期在农村劳作的种石榴树的伯伯,我说:"回家,我一定给伯伯写一篇作文!"

中招体育考试满分

我读初三时，已经长到了一米七，因为不爱运动，所以有点胖。中招是要考体育的，满分是 70 分，中招考试总分为 600 分，体育占比也算不小了。要知道，"分,分,学生命根"啊！

高二开始，除了学校的体育课常规训练，我开始每周去郑州市体育中心锻炼了。周末，我排除瞌睡虫的干扰，咬牙从温暖的被窝里爬出来。到了体育中心，二话不说，先跑三圈体能，接着练习考试项目:拍篮球、掷实心球、跳绳。除了必考项目 800 米、篮球，在立定跳远和实心球两项选考项目中我选定了后者——这个更适合我。

对于中招体育考试，班主任金立青经常在课堂上提醒大家，要加油锻炼，努力拼搏！尤其是李嘉豪和付依潼等几位同学，要提前锻炼。老师的话扎心啊。难道我是小胖子吗？在她眼中，我注定体育得低分？我心中不服。同桌李林晃那么瘦，常常在我面前吃糖，我真是羡慕嫉妒啊。

体胖的人跑步，像背着沙袋，自然比不过人家。我开始减肥。

体重由原来的 120 斤减到 100 斤,减了 20 斤。我又转动脑筋,摸索考试窍门,我发现运蓝球时贴近栏杆转弯时幅度小,可以节省时间,跑得更快。遇到不解的问题,我还请教练对我进行点拨。

考试当天,郑州微风。我信心满满,我是冲着满分去的!

"老师,有风,能让我先试试吗?"在郑州九中考点,我向监考老师提出了小小要求。在得到老师的同意后,我跑了一圈。感觉十拿九稳了。

跳绳满分,实心球满分,篮球运球满分,800 米满分!考试一共四项,我均为满分。

尤其是考 800 米时,我的运气很好。800 米是我的弱项,平时训练成绩总是不理想,但是,那天我紧紧"咬"住前面的一位同学,在金老师和同学们的呐喊加油声中,向终点冲刺。最终,我们那一队,全是满分。

走出九中考场,我看到了等待的爸爸妈妈。我用手比了一下 70 分。远处的妈妈没有看清楚,走近紧张地问我:"是 67 分吗?已经很满意了。"

我说:"是满分 70 分。"她一遍遍问:"真的满分了?"她简直不敢相信这个结果。初战告捷,晚上老爸请客,一家三口吃了一顿大餐,爸爸还特意要了红酒庆祝。

我的同桌,小瘦子李林晃,体育考试后见到我问:"付依潼,你体育考了多少分?"我故意淡定地说:"满分。"他的眼睛瞪得好圆,嘴巴张成了 O 形。

中招考试,全班 60 人只有 8 人体育满分,我是其中之一。平时成绩比我好的,有的却因发挥失常等原因,落在了我的后面。

努力,坚持！不受别人负面情绪的影响！2017 年,我在中招体育考试中获得了满分！

第三辑

重铸生命之梦

一

"救救我!"当我闭上眼睛,脑海中就会浮现出慧儿,耳边萦绕着她柔弱的呼救声。

2118 年,星际与地球之间已经实现互通,航天技术发达的中国,可通过宇宙飞船实现与其他星球的互通。慧儿是来自其他星球的人类。春天,她的全家来到我的人类基因医学研究基地,这个 13 岁的女孩,蜷缩在妈妈的怀里楚楚可怜:脸色发黑,眼光暗淡。

"慧儿患了异型肝癌,是人类罕见的强致命癌症,只剩下几个月生命。"她的妈妈抽泣道。

地球生态环境日趋恶劣,出现了重度雾霾污染、水污染等,虽然人类进行了积极治理,但并没有很大成效。"我们逃离了地球,到了外星球,癌症仍然找上了门。"慧儿的妈妈说。

"我爱吃的垃圾食品很多,烤肉、咸菜等,还常喝一些不健康的饮料……"慧儿发出可怜的声音。

这个生活在其他星球的地球人类家庭,走遍了星际的每一个地方,遍寻治疗癌症的方法,却无计可施。

我是基因研究医学博士,几十年前,和杰博士等百十名医学博士组成团队,一起建立了基因医学研究基地和实验室,研究利用基因阻断人类重大疾病的新课题。

"请你帮帮我!"慧儿乞求我,眼里充满着强烈的生存渴望。

重铸生命!我一定要让她获得新生!刹那间,重铸生命的渴望在我心中疯长。

二

花儿散发着芬芳,阳光洒落叶间,投射出一片碎金。这里是人类为逃离重度污染的地球而开发出的类地球空间站,有宜居的生活环境。我穿上防护服,径直来到丛林深处的实验室,大门在识别人体气味后自动打开,这就是我的人类基因医学研究基地。

实验室里摆放着一个个小瓶,瓶中装着各种健康人类基因。几年来,我们的医学博士团队寻遍全球的健康人类,从人体中提取健康基因,进行 DNA(脱氧核糖核酸)测序留存。

这是人类最优质的基因!当它与患者自身基因重组,不断复制、融合、生长,就会合成产生抑制基因,阻断癌细胞等有碍人类健康的坏细胞!利用这些基因,我们已经治愈了白血病、渐冻症等许多地球上无法克服的疾病。看着自己的科研成果,我心中无限欣慰。

慧儿的肝癌非常罕见，发生了新的变异，其扩散更快、摧毁性更强！

"我们将面临一个重大新课题，因为慧儿的癌细胞变异，使用一般的基因疗法，无法预期遏制癌细胞的效果。"杰博士说。

在无菌治疗室里，杰博士将健康基因注入慧儿的胳膊，等待奇迹发生。然而，慧儿却出现了异常反应！两组基因根本无法相融！

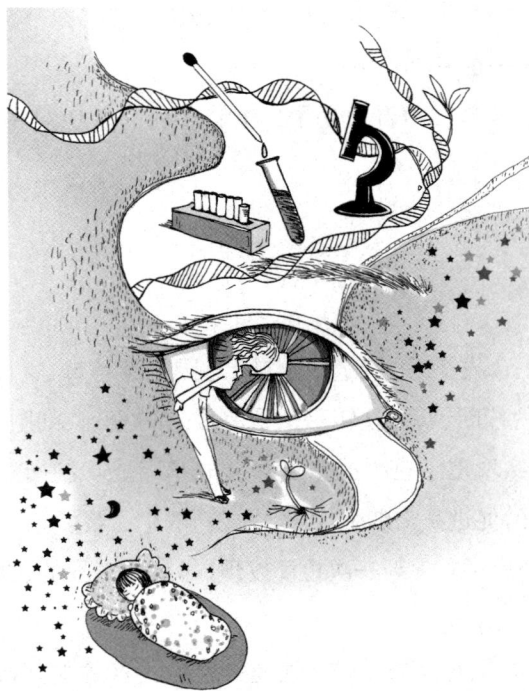

首次治疗，我们不仅没有遏制慧儿体内的癌细胞，还使她的病情加重了。

"利用基因精密分析仪找出原因！对癌细胞进行分析，重新分析基因排列组合，进行人工合成！"我和杰博士一致认为，这是唯一的治疗方法。

这台白色的基因精密分析仪，是我耗时多年研制的科学仪器，它可以精准地分析患者的癌细胞基因，测算出与健康基因的相融度，促使合成抑制基因，并对其消除癌细胞情况进行分析。

我抽取慧儿的鲜血，放入精密分析仪……加入基因，重组合成，渐渐地，新基因组发生了作用，分析仪亮起了绿灯，慧儿的癌细胞被新合成的基因吞噬。

人工合成基因组合成功了！重铸生命的梦想即将实现！我激动不已。

三

将人工合成基因注入慧儿体内，基因悄然孕育、生长着，她的DNA发生片段断裂，并且转移位置完成遗传重组、细胞分裂和蛋白质合成，实现重组重生的平衡！合成基因成功制衡癌细胞，阻止恶性循环，促进正常细胞代谢，完成新的生命繁衍。

慧儿痊愈了！最新一次检测发现，她体内变异的癌细胞完全消失了。

30年后，慧儿前来拜访。真是神奇！我看着她，重铸生命的慧儿，变得这样强大。

"好久不见,慧儿,你现在还好吗?"我问。

慧儿深深地向我鞠了一躬:"潼博士,我已经完全康复,你看,我每天都充满力量和活力。"她欢快地在我面前转了一圈。

此时,空中飘来了杰博士的声音:"看来,新的基因疗法获得完全成功! 慧儿将永远不会患任何疾病,我们可以把这种治疗方法推广给大家了!"

嗖——一道粉色的微光,慧儿在我眼前呼啸而去,倏尔消失了。

春风温柔地抚爱着大地,我微笑着从梦中醒来! 哦,原来这是一场梦,可这梦又那么真实……

公元 2016 年,我的姥爷因食道癌去世,永远地离开了我们。成为一名医学博士,为人类消除癌魔,重铸生命,成为我一生的梦想! 我相信,在不久的将来重铸生命之梦一定可以实现! 愿天下无病,人人健康!

飘零的红手帕

忘了这是我第几次从梦魇中哭醒了。

梦里,那阵悲伤的唢呐声又远远地传过来了。灵堂的烛光变得摇曳不定,我渐渐感受到一股令人心悸的气息,那气息似乎随着一个幽灵在我附近游荡,吓得我眼皮直跳。

飞行器窗外,依然是浩瀚无垠的星海,不知怎的,莫大的沮丧感瞬间掳住了我。

姥爷,事到如今,您能不能原谅我呢?

想到这里,我掏出胸口的红手帕,使劲攥在手里。

那件事发生后,我努力寻找穿越时空的方法,只求与姥爷见上最后一面。我认真研究物理学,并找到关于时空穿越的信息和报道,得知了宇宙弦是穿越时空的关键,它是假设性的、理论上可能存在的时空。我认同宇宙弦的说法,并推测它是宇宙空间和时间运行的缺陷,只要能高速通过两个互相联通的宇宙弦,那么就可以实现时空穿越——但受物理学发展和技术限制,这始终只是我的假说,无法实现。

没有宇宙弦,我就无法实现空间折叠,无法将此刻和姥爷去世前的那一刻折叠重合,无法瞬间走到姥爷面前,亲口向他说声"对不起"。

忘不了那个夏天,当医生说出"食道癌"这三个字时,我瞬间懂了心如刀绞的滋味儿。

姥爷拒绝手术。

一筹莫展的妈妈只好让我去游说姥爷,所有人都知道,我是他唯一的软肋。我只说了一句"您不手术我也不活了",姥爷就一把握住我的手,眼睛湿润了。末了,他说:"我做。"

这个睿智了一辈子的老人,像是早就明白了自己的宿命,递给我一包东西,用鲜红的手帕包着。他冲我眨眨眼睛:"别给你妈说。"我打开一看,是钱。我脱口而出:"姥爷别怕,您做手术时我陪您。"可是后来……

太空船猛地颠簸起来,思绪被拉回现实。20年后的现在,外星球通过他们研发的航天技术与地球联系,登陆地球,目前也有部分外星人居住在地球上。他们在外形上和人类并无差异,他们还利用电磁学理论发明迷你翻译转录器,以便沟通。不得不说,外星生命的智慧是无穷的,他们在物理学研究上的确比我们更先进,我发现了穿越时空的契机,以我实验室的名义给哈雷星三号发送拜帖,请求共同交流宇宙弦问题。

来到哈雷星三号,我见识到了他们的物理学研究。他们在物理学方面涉及的领域已比我们更加细化,除我们的研究所涉及的领域外,还加入了专门研究宇宙中三星及多星的发现及模拟的物理学,还有热力学中微观粒子热运动统计规律等许多我们无法探索的门类,在对物理学的运用上门类也更加丰富,他们设计出的脱引力监控飞行器,可同时探索到许多未知领域,对物理学的利用也使他们能率先实现星地互通。

至于对我最重要的宇宙弦研究,他们已经能准确证实。当然,这并不代表外星生命的智慧远高于人类,我相信,一切都只是时间问题。这次交流中,在我的配合下,外星人运用微观粒子制造大爆炸,促使宇宙弦形成,再加上技术上的高速跃层,实现穿越时空就在眼前,今天就是我们的一次实验。

飞船被能量波动冲击,我一惊,迅速打开监视器。微观粒子爆炸形成的宇宙弦就在眼前,原本沉睡中的助手小王也跑来协助我。飞行器外缘火花四溅!

"高速跃层。"我冲小王喊。

小王一把将操纵杆拉到底。伴随着飞行器沉闷的吼叫声,一股巨大的力量将我狠狠往后面甩去,我紧握着手中的红手帕,紧接着,我被刺眼的光束照得睁不开眼睛,周围的整个空间像被扭曲了一样。

我的头一阵疼痛,渐渐失去了意识……我是被一阵滴答声吵醒的,挣扎着起来,不顾一切往外冲去。门内床上躺着的,正是生命垂危的姥爷!

"你不是去参加物理竞赛了吗?怎么跑来了?"姥爷虚弱地问。

"我最后悔的就是您手术时跑去参加物理竞赛!如果知道再也见不到您,我死也不会去……"我早已泣不成声,"姥爷,我努力了好久才来到这儿,我只是想亲口对您说:我不该劝您做手术,是我害死了您,对不起!"

"傻瓜,姥爷都78岁了,即使没生病,还能再活几年?我从来没怪过你啊,只要你有出息,比长命百岁都让我开心。"

"姥爷,我利用外星人证明的宇宙弦来到这里,人类历史上还没有人能做到! 你知道这意味着什么吗? 我可以实现时空穿越。"

姥爷有些迷茫,但仍说:"你不要为了我的小事浪费时间,要用你的技术为人类做更大的贡献! 只要你好,我就心满意足了。"姥爷摸着我的头,我流下了释然的泪水……他的影子越来越模糊,伴随着一阵高速晃动,我的头也开始剧痛。睁开眼,我又躺在了飞行器里。

飞船落地,我们的研究成功了! 出舱,我一个人走了好远。在一片安静的光亮处,我停下,把姥爷留给我的红手帕埋在一堆漂亮的石头下面。我给它造了一座坟,埋葬它,也埋葬我所有的遗憾与痛悔。

此次交流完成了我的心愿,更让我见识到外星人物理学方面的确有许多值得人类学习的地方,如姥爷所说,今后的我,应该继续前行,为人类物理学做出更大的贡献。

未来的路还很长,回首望去,不知在这里,会不会有一个更灿烂的春天!

重读长辈这本书

　　每一位长辈都是一本书,书中有人生事理,有启迪和感悟,有传统的积淀,更有我们成长时所需的理性和成熟……

　　重读长辈这本书,我读到了人生事理。父亲曾说,学习除了能让你获得知识外,还能让你有更多选择的权利,使你更加自由。那时,小小的我,认为他只是在鼓励我学习而已。如今,不断成长的我慢慢明白了这份事理的珍贵:一个人看的书多,能登高望远;看的书少,视野就会狭隘。龙应台曾对她的儿子说,希望你将来拥有选择的权利,选择有意义的工作,而不是被迫谋生。当你认为工作很有意义时,你就有成就感。父亲也曾这样教诲我:别人对你做的坏事情要善忘,别人帮你的事情要牢记。这些简单通俗的道理,不知不觉地影响着我,使我成为一个懂宽容、懂感恩的人,并让我在原谅和感恩中收获快乐。

　　重读长辈这部书,我读到了理性和成熟。小时候,当我看见其他孩子玩高级玩具、穿漂亮衣服时,总会用渴望的眼睛看着父母,但都被他们无情拒绝了。现在想来,当时我有多不满,如今就有多感激。因为,父母的理性与成熟,教会我控制,使我不那么贪心。有时候,与父母争吵,总是因为思想幼稚,而父母对我的批评是中肯的,尽管听完心里有诸多不舒服,但总起着矫正的作用。长辈的冷静和成熟是我的镇静剂,让我的冲动得以平缓。

重读长辈这本书,我读到了温暖和关怀。曾经以为的严厉批评,现在细细想来,竟都是为我的发展考虑的。只有批评你的人,才是真正对你上心的人,包括遇到挫折时的鼓励、关心,这都是爱的表现,这些温暖的关怀在岁月长河中,无时无刻不激励着我,令我振作、让我前行。

16岁的我,怀着感恩和敬重,重读长辈这本书,不仅读出了长辈的人生阅历、人生事理,而且读出了他们的理性和成熟,更读出了我的成长,我的点点滴滴也渗透在书中。我懂得,这是我与他们理性的心灵交流。

不忘初心

"心"是每个人最柔软、最热切的期盼,往往被用来表达纯粹、美好的情感。党的十九大报告中,涉及"心"的词语有数十个,其中"初心"与"信心"两个词语出现最多。

初心是人最初的意愿。每个人都需要有初心,不仅仅指时间上的,更指的是心灵深处的,即本与真。初心也是本心。初心是在迷茫中指引方向的灯塔,知道你的最初目的是哪儿,你最初想要干什么;初心是认清自己的警报,在深陷歧途时,摸摸自己的胸口,问问自己的初心,你会知道,原来我偏离了自己最初想要的,然后回归正确的道路。

两个月前,我怀着梦想,怀着初心,踏入河南省实验中学的大门。我还记得当初的誓言,但是在学习的过程中,我渐渐迷失了自己,忘记了初心,偏离了初始轨道。正当我深陷其中时,父亲的话提醒了我:"孩子,别忘了自己的初心啊,好好想想,当初努力考入河南省实验中学,到底为了什么?"我幡然醒悟,当初我最本真的想法,是好好学习,将来能进入中国一流的高等学府深造。初心提醒了我,让我从迷途中走出。不忘初心,是一个人成功的必备条件。

信心源于对自己的笃信,当然,也包括别人的相信。时刻有信心,是一种人生态度,是对他人情感的回馈。一个自信的人,他必然能对自己要做的事进行把握、调控。信心是成功的条件之一,试想如果一个人没有信心,那他做事就会畏畏缩缩,出现紧张、失误的现象,必然降低事情的成功率。一个有信心的人,做事一定是从容不迫的,他的信心也会感染他人,增加整个团队的能量,使个体和团队达到最佳状态。当然,过度的信心会导致不顾细节,从而犯下难以忽视的大错。所以,自负是一种极不可取的做法。

不忘初心,昂首阔步前进。

心有戒尺

　　近日,在郑州某中学的开学典礼上,一位家长代表在全校师生大会上发言后,郑重地将一把戒尺送给该校老师,让老师对其孩子大胆管理,并请老师放心,表示将全力配合老师工作。这位家长的行为使我非常震撼,她说的"心有戒尺,行有所止"这句名言,也引起了我的共鸣。

　　心有戒尺,行有所止,这是一位家长对孩子深切的希望。步入高中的我们,身上承载着家人的期待。我们需要住校,需要在无家长监督的情况下完成自己该做的事情,每个人能否自律? 能否独立? 家长无疑是担忧的。就我自身而言,爸妈在之前给予了我很多生活上的帮助,更希望我在高中自律自强。他们从一开始的督促,到后来的逐步放手,虽然不在言语上对我过多教育,但他们仍用期盼的眼光默默注视,这也源于他们对我的深切希望。

　　心有戒尺的含义是,我们应把规矩放在心中,在做事前想想尺度,克制自己的所作所为。诚然,步入高中,如果心中无戒尺,那么自习课可能会乱到无法学习;心中无戒尺,我们可能会屡次违反校规;心中无戒尺,我们可能无法适应快节奏的高中生活。心中那把戒尺,时刻提醒我们自律、自强。自律,是做好一切的前提和基础,也是对他人、对学校负责任的表现。一个人是否自律,也决定着他能否成功。作为高中生,如果不知道克制,不知道什么该做,什么不该做,那么他在学习上也一定是失败的。自律是一把剪刀,能将我们身上的小毛病修剪掉。

心有戒尺,行有所止,是老师对学生教育成功的体现。家长把戒尺交给老师,更希望老师能放心、大胆地管理学生,老师是培养学生自律的关键人物。高中生不可能一开始就做到严于律己,人无完人,初入高中,需要老师时刻鞭策。

泡面事件的思考

近日,互联网上一段男子高铁吃泡面遭乘客怒怼的视频,引起人们的围观热议。视频中,女子情绪激动,大声呵斥男子,称高铁上规定不能吃泡面,质问其"有公德心吗"。视频曝光后,女子回应:自己孩子对泡面过敏,之前曾跟男子沟通过,但该男子执意不听,她才发泄不满。记者采访高铁工作人员,其表示,高铁动车上不卖泡面,但并没有禁止吃泡面的规定!

高铁列车密封性特别强,在车厢里吃东西味道很大,污染车内空气。在高铁上吃泡面虽然不违反规定,但是应注意其他旅客的感受。对此,我的看法是:有效沟通,互相包容,方能避免此类事情的发生。

沟通是人与人之间的桥梁。该女子与男子之间的矛盾,其实一部分来源于两人的沟通不到位。如果女子礼貌地提出要求,并诚恳地解释原因,找出能让双方都接受的解决办法,那么,事情就不会发展到不可收拾的地步。假如女子让男子换个地方,言语礼貌,争吵大概也不会发生。

我们首先应该互相包容。包容是一种美德，当女子向男子说出自己的孩子对泡面过敏时，如果男子能站在对方的立场思考问题，就不会产生过多分歧。同样，如果女子阐述原因后，仅让男子换个地方，而不是言辞过激地指责男乘客，双方矛盾也不会激化。互相包容，互相理解，互相沟通，每个人各退一小步，问题就会轻易解决。

　　文明社会，素质畅行。目的达不到，女子便恼羞成怒，用过激言语辱骂男子，这是素质低下的表现。假如女子主动沟通，男子依然不能退让，这是男子素质低下的表现。文明社会，只要注意培养高尚品德，此类事件方能越来越少。

拒绝霸座

近期,各地出现了高铁"霸座女""霸座男"事件,引起社会广泛关注。2018 年 12 月 13 日,南京高铁上一名五十多岁的大妈,强行霸占他人座位,并拒绝配合高铁工作人员,与周围乘客发生肢体冲突,被高铁乘警处以行政拘留 7 天。

强行占座,不仅对乘客造成影响,且不配合高铁工作人员的行为,会影响正常的高铁工作秩序。这位大妈,在占了他人座位的前提下,面对工作人员的劝阻,仍持蛮横不配合的态度,给高铁工作带来极大的不便,这是对高铁工作的不理解、不尊重。未经他人同意占用他人座位,对周围乘客本就造成了负面影响,而且这位大妈并没有让步,反而推推搡搡,与周围乘客发生肢体冲突,扰乱了整列车的秩序。

强行占座,是对高铁乘坐规定的挑战,是对文明底线的触碰。我国高铁乘坐规则指出,不允许抢占他人座位。可这位大妈明知规则,依旧我行我素,不顾他人感受和劝阻,一而再,再而三挑战高铁乘坐规则的权威性。她的行为,是不文明、低素质的体现。

我为她感到羞耻,可她并没有羞耻之心。

频频出现的高铁霸座现象值得我们深思:在生活中,无论是谁均应该遵守规则,心中有底线,行动守底线,做一个文明向上的人。对不文明行为要加强监督,必要时要用法律武器进行惩戒,能起到很大的警戒作用,杜绝霸座之类的不文明行为丛生。

文明社会,让文明畅行。

由站着看戏想到的

剧场中,大家都有座位,且都能看到舞台上演员的演出。然而,有一个观众站了起来。周围人劝他坐下,他却置若罔闻。观众本想求助剧场的工作人员,工作人员却不在,于是,为观看演出,观众只得一一站起来,就这样,全场观众都由坐着看戏,变为站着看戏。

这位首先站起的观众,是造成全场人站着看戏的起因。说白了就是自私固执、不道德。无特殊情况,他站起来看,扰乱了整个剧场的秩序。可他似乎毫不自知,其他观众劝他,他依旧我行我素,丝毫不为他人的看剧环境负责。

"过能改,归于无;倘掩饰,增一辜。"这是《弟子规》里的一句话。行为不当且不听劝阻,相当于罪加一等。不顾及他人感受,破坏公共秩序,知错不改,是素质缺失的表现。

观众本想求助剧场的工作人员,可工作人员不在。管理员在其位不谋其政,当属失职。假如管理员在场,用明确的规定制约该观众,该观众也不会在剧场如此横行霸道、无视规矩。可以说,剧场管理员的失职,是造成全场观众站着看戏的间接原因。

全场观众被迫站起,实为无奈之举。一个观众又能挡住几个人,但当被挡住的观众站起来,范围不断扩大,以致全场都变为站着看戏了。这看似是羊群效应,但本质还是由于一位观众和管理员,全场观众成了两人素质缺失后果的承担者。

在中国这样一个快速发展的国家,提高社会素质已成为亟待解决的问题。政府应积极管理,媒体应宣传文明,倡导文明,进行舆论监督……当然,也需加强公共场所管理,提高管理人员工作素质。最重要的是,每个人都应提高自身素质,做一个文明的人。